长安文心书系

唱给农耕文明的挽歌

高建群 著

陕西新华出版传媒集团
陕西人民出版社

图书在版编目（CIP）数据

唱给农耕文明的挽歌 / 高建群著，—西安：陕西人民出版社，2020. 12

ISBN 978 - 7 - 224 - 13638 - 8

Ⅰ. ①唱… Ⅱ. ①高… Ⅲ. ①散文集—中国—当代 Ⅳ. ①I267

中国版本图书馆 CIP 数据核字（2020）第 089483 号

主　　编：宋亚萍
策　　划：张孔明
责任编辑：左　文
整体设计：杨亚强
绘画导师：曹　刚
绘　　画：蒋懿琰

唱给农耕文明的挽歌

CHANG GEI NONGGENGWENMING DE WANGE

作　　者　高建群
出版发行　陕西新华出版传媒集团　　陕西人民出版社
（西安市北大街 147 号　邮编：710003）
印　　刷　陕西汇丰印务有限公司
开　　本　889mm × 1194mm　1/32
印　　张　5. 75
字　　数　130 千字
版　　次　2020 年 12 月第 1 版
印　　次　2020 年 12 月第 1 次印刷
书　　号　ISBN 978 - 7 - 224 - 13638 - 8
定　　价　42. 00 元

目录

一座城和一位朝廷命官

一部陕北高原的历史，有一半是饥饿史，有一半是战争史。我曾经看过一些县的县志，充斥在字里行间的，要么是天大旱，饿殍塞路，哀鸿遍野，人们易子而食；要么是血流漂杵，干戈骤起，人民逃亡——十之六七这些字眼。

这些字眼叫人触目惊心，我常常叹息说，这一方人类族群，经历了太多的苦难，每一户人家，每一个家族，每一地一域的百姓，他们能血脉延续，直至今日，该经历了多少事情呀！ 那长长的道路上的人类生存斗争图景，叫人扼腕感叹，唏嘘不已，叫人不由得以手加额，向历史致敬，向来路上那些先辈们致敬。

榆林城是一座塞上名城。 明朝年间修九座边城，榆林卫，榆林镇，榆林城居中，后来长城线上又添几座边镇，所以号称九边十三镇。 在明王朝的这九边十三镇中，榆林城东边牵手，直到辽东以远，西边牵手，直到甘肃嘉峪关以远。

我第一次到榆林，是 1985 年的秋天，这座位于毛乌素沙漠与陕北黄土高原接壤处的塞上名城，给我留下极为深刻的印象。漫步在石板青砖铺就的街道上，从魁星楼等几座古建筑中穿过，步入那一座一座的四合院民居，耳边在传来榆林人的那稍带北京口音的琅琅鼻音，卷舌音，让人相信，这座建城逾五百年的，号称“小北京”的城郭，肯定是和北京有一些渊源的。

记得，我那次还去过西沙，还来到鸳鸯湖（那里正在修新的榆林宾馆），来到老城上面的山头极目北望，来到红石峡和镇北台。记得夜来，这座平铺在沙地上的城市，广阔而博大，夜空布满了密密麻麻的繁星，大地一吐一吸，正在发出深沉的叹息。

人们告诉我，榆林城建在明朝的中前期，是当时的延绥巡抚建造的。之前，延绥的治所在天下名州绥德县。正是在这位四川籍的明王朝朝廷命官手里，将治所搬到榆林。榆林未设城前，只是榆溪河畔一个小小的村子，一个过往的驿站，名叫榆林庄。人们还告诉了我，乾隆皇帝路过榆林城，夜来站在城门处叫门的故事。

仲平先生是我的一位老朋友了（认识有三十多年了吧），几天前他行色匆匆地来到西安，找到我的高看一眼工作室。仲平说，榆林人要给他们五百年前建造这座塞上名城的那位明朝的朝廷命官建个纪念馆，要我给纪念馆写点文字，给这小册子的前面写点文字。仲平还将小册子里面的文字，用邮箱传给了我。

这样我知道了，这位可敬的朝廷命官，国之重臣，名叫余子俊，四川梅山人，做过延绥巡抚，做过西安知府，做过明王朝兵部尚书。他将延绥镇治所从绥德迁驻于榆林卫城，是公元1473年，也就是明成化九年的事情。

此外，目下仍在淙淙流淌，灌溉着万亩良田的广泽渠，亦是他手上修的。那渠过去叫红石峡水利工程。从红石峡的榆溪河上游引水，在红石峡中凿开一条类似红旗渠那样的水道，引水到田。记得，十年前我的一部电视剧在红石峡拍摄，石窟里，有水流从脚下石渠中淙淙流过，当时我还感叹这工程的精妙。

余子俊的另一项可以彪炳史册的功绩，是修边墙，也就是修文化人说的万里长城。史料中说，成化十年（1474）六月，余子俊向朝廷禀报了修筑边墙的情况。至此，他已经完成了东起清水营，西抵花马池，连绵一千七百七十余华里的延绥镇边墙，总计建筑城堡十一个，边墩十五个，小墩七十八个，崖栅八百一十九个。

我阅读着这个小册子，我的双目有些潮湿。一个封建时代的雄才大略，勇于担当，以天下为己任、以国计民生为己任的正面人物形象出现在我的面前。我想起范仲淹的“居庙堂之高则忧其民，处江湖之远则忧其君”这句话。余子俊和北宋年间治理这块地面的最高军事行政长官范仲淹很相似。好像历史上也有将他俩做过比较的说法。

我们应当永远地记住余子俊，这个为我们建造了一座城，有过大功德的人物。我想，假如这城永远地矗立于天地间，那么余子俊将成为城市的永远的记忆。假如黎民百姓城市居民绵延有余地存活下去，余子俊将永远地活在人们的口碑之中。

余子俊修造的这一千七百多华里的陕北长城，是明长城的一部分，我们今天所看到的屡屡见于电视专题片画面的，在陕北北部沙漠中这一段长城，就是余先生所督造的。二十年前，我曾经沿这段长城一直走到它的西北尽头。长城溯黄河而上，穿越了整个大河套。从花马池再往北，穿越旷野，直达银川，然后从西夏王陵前头的贺兰山垭口，进入腾格里大沙漠，直达黑城，尔后转向甘肃酒泉，从酒泉抵达嘉峪关、阳关。长城尽头的最后一个烽燧，在昔日龟兹，今日库车境内。

我在这里需要着重说明的是，余先生所主持督造的一千七百七十余华里的陕北长城，它的重要意义，当更为深远。它为维持当时中央政权的有效统治和管理，维持农耕文明地区的安定，起了重要的作用。

我对民族史，尤其是游牧民族史有一定的涉猎，这里不妨再唠叨一二。

第一，世界的东方和西方，各存在着一条弧状的定居文明和游牧文明的交界线，而中间，则是辽阔的欧亚大平原。这个大平原长期以来生活着二百多个古游牧民族，他们以八十年为一个周期，越过界线，向定居文明索要生存空间。北京、大同、太原、榆林、天水、平凉、银川等等城市，正是这交界线上的一个个坐标城市。所以，榆林城的设置，余先生的陕北长城的建造，其意义更在于此大格局。

第二，蒙元帝国灭亡后，残存的武装力量一直在鄂尔多斯这个河套区活动。西蒙古的一些力量，后来也返回来，定居和游牧于此。所以，余子俊的建榆林城，修陕北长城，对于大明王朝的巩固政权来说，其重要性不言而喻。

榆林人要为当年建造这座城的一位封建时代的朝廷命官建一座纪念馆了。这叫我由衷地感动。那些忧国忧民功造一方的先贤们，永远值得我们纪念，我们以一颗感恩的心，感谢那些为国家、为民族、为黎民百姓做过好事的人。

最后，且让我向这座历史文化名城致敬，向我认识和不认识的所有榆林朋友们致敬，向即将开馆的余子俊纪念馆致以祝贺。记得，我还是榆林市委、市政府聘请的书香榆林文化顾问，能将我的卑微的名字，和这座伟大城市联系起来，这叫我不胜荣幸之至。

陕北论

北方有一块高原，汹涌的黄河将其一裂为二。靠南边的一块，习惯上被称之为陕北高原。在此之前，黄河是青色或者灰色的，它的百分之七十的泥沙来自这里，黄河因此而被称为黄河，而被作为我们这个黄皮肤民族的象征，出现在故事中、传说中、浪漫诗人的吟唱中和悲壮歌曲中。黄河那激情的水流从这里奔突而下，将它的黄色染色体染向所有路经的地方，达到遥远的海洋，和海浪拍击着的他洲的堤岸。

黄土囤积，形成这黄色高原。天雨割裂，造就这破碎泥土。死死生生，悲悲欢欢，人类在陕北高原这块不平整的土地上，业已耕种和行走了许多年。

陕北这个地域概念的形成，大约在宋。宋时，延安的最高军事行政长官范仲淹，尚称此处为“塞下”，并发出“塞下秋来风景异”的感慨。在此之前，时人的心目中，九燕山北，今天的大半个陕北，以至朔方，以至内蒙古鄂尔多斯高原，极目远舒的地方，还是一片混淆不清的疆土，一片散发着羊膻味的骚动不安的土地。尽管秦皇的帝王之辇，曾从秦直道上辚辚驶过，尽管汉武的金戈铁马，曾踩得贺兰山的积雪吱吱作响，尽管昭君墓、扶苏陵、蒙恬陵作为一个历史的标志，生根似的长驻此处，但是人们记忆最深的，也许是飘忽不定、骁勇好战的匈奴骑射，是站在统万城头，口出狂言、目空天下的大夏王赫连勃勃，是踩着积雪，顺着宁塞川滚滚而来的西夏方阵。每有朝中命官为皇室所不悦，或是文臣武将为世俗所不容，便被发配到这里，对着无定河弹起思乡曲。高原名城榆林，相传就是为一群发配到这里的官吏与囚犯所筑，现在榆林城中，尚有许多四合院，或许可为他们的祖籍找到一点端倪。

陕北人以女子多有丽质为骄傲。吃酸白菜，喝小米汤，养得一个个雍容华贵；穿大襟袄，扎红腰带，出脱得却貌似出水芙蓉。美貌便美貌罢，陕北人却说，这是传统，每有人会以惆怅的口吻，拉出昔日的貂蝉，今日的兰花花、李香香,来证明这久远的美貌传统，有人却又做琐碎考证，说这是民族交融的结果，当年匈奴所掳来的南方美人，囤积于“吴儿堡”，与粗犷的北方大汉结合，便繁衍下这优异的一支。联想到陕北的种种历史变迁，这话似乎不无道理。

骄傲者女子之外，尚有男人。貂蝉故里为米脂，吕布故里在绥德，所以陕北有“米脂婆姨绥德汉”之说。高颧骨、直鼻梁、浓眉毛、长腮帮是陕北男子汉的特点，在如此苦焦的地方，靠双肩承担起生活的重负，陕北的男人们可谓坚强矣。然而这用力却不表现在脸上。在中国的土地上，我还没有见过如此逍遥和自在的人类之群。盘腿坐在驴车上，车里装满神府或者瓦窑堡石炭，顺着无定河川道缓缓而下，嘴里哼着酸曲，让心闲着，却不让嘴闲着。满脸黑灰的行乞者，不知今日餐食在何处，不知今夜宿在哪方，却脖子上挂一杆唢呐，一路吹吹打打而来。

男人之外，骄傲者还有小孩。陕北地面，以九燕山为界，分成南北两部分。北部风俗，正如笔者前文所述。南部风俗，却酷似关中，女人穿花棉袄，男人着黑裤褂，乡村学究言谈必引经据典，红男绿女成亲必媒妁之言。吃饭以面食为主，说话是秦腔为主，殷实人家，也许有个唐宋时期的瓦罐，贫寒人家，或可有件明清年间的旧物。老者多为头戴瓜皮帽的一生足不出地界的遗老遗少，少者多为精细乖巧之至的村野能工巧匠。正是在这块地面，生出个叫甘罗的孩童，十二岁时为秦之宰相，其墓葬据说还在洛川县境，惹得洛川的乡人们，每每思古，便唱出几句“甘罗十二为秦相”的走调的秦腔来。

小孩之外，让陕北人骄傲者，还有老者。煌煌陕北大地，笔者靠了工作之便，到过许多去处，见过许多奇事。最奇者，莫过于在一个荒山野村，突遇一位奇人。老红军、老八路、老革命、老功臣，或因伤，或因病，或因厌倦了时间的约束，或因感觉了田园的将芜，于是解甲归里，藏龙虎之身于草莽之间。延水关渡口，当年李自成东渡黄河一夜头白处，笔者曾遇一老者，动问前朝古事，无有不知。经人介绍，方知是延安时期我党一位要人，因精神病间有发作，已归家逾五十年之久。

从远古走来，没有颓唐，没有怨尤，在这块贫瘠的土地上，深深扎根，顽强生长。一窝一窝地生，一群一群地死，健壮者活下来，孱弱者拿去肥土。毛驴的每一次披红挂绿就是向残酷的大自然的一次无声挑战，窑洞的每一次明灭都在重复着生命的故事。父亲六十岁生日那天，必定要领着儿子，踏上马茹子花盛开的通往祖坟的道路，让头皮叩着地皮，声响传给三尺地表下的家族的昨日。孩子出生那天，干大必定要送给他一件石锁，石锁一岁加一道麻绳，以便将他牢牢地拴在这块生身热土上。

悠悠万事，在陕北，唯以生殖与生存为第一要旨。尽管这生存不啻是一种悲哀和一场痛苦，但是仍旧代代相续而生生不息。人类辉煌的业绩之一，恐怕就在于没有令自己在流连颠沛中泯灭。陕北的大文化，有人称之为“性文化”，有人名之为“宗教文化”，但以笔者管见，性文化也好，宗教文化也好，落根都在这“生存文化”上。那一年，我陪中央电视台某摄制组去民歌之乡腰鼓之乡剪纸之乡农民画之乡的安塞，造访一位叫白凤兰的剪纸艺术家。拍摄途中，她拿出一幅画，令四座惊骇不已。

如果有一天，这世界因为天灾人祸，只剩下一男一女了，而且这一男一女是兄妹，那么，他们应该怎么办？“他们应该结婚！”这位农村老人，郑重其事地这样告诉我们。在她眼里，一切人类的理性思考和煞费苦心经营起来的道德秩序，在非常时期，都必须让位于生存。生存才是第一的。她拿出她画的一幅画。世界只剩下兄妹二人了，一种超自然的力量对他们说：“结婚吧，为了让世界上继续有人类！”他们很害羞，不愿意这样做。于是，这个超自然的力量说，既然如此，让你们听从天意吧，请你们将阴阳两块砬扇，向山下滚去，如果砬扇重合，你们可以结婚，如果砬扇没有重合，那就是人类当灭了。两块砬扇向山下滚，滚到山脚后，令人惊诧地合在了一起。于是，世界上人类存在了下来，歌声和鲜花存在了下来。老人讲得很认真、很神圣，她的眼中，放出一种女巫和孩童的目光混合在一起的奇异色彩。老人的这幅画将出现在中央电视台新近拍摄的一部叫《中国人》的电视片中。老人居住在一处山坡上，整面山坡居住的都是她的家族，沟底是一条时断时续的小溪。记得，当时，望着这面山坡，我直疑心，石砬子就是从这坡上滚下来的。

西北风像一个阴沉着脸的陕北汉子，正在猛烈地、凶狠地冲击着艺术领域，或音乐或影视或绘画或文学。我的笔在经过许久的迂回之后，才接触这个题目，这令我惭愧。篇幅的原因，容我找另外的机会，专辟一篇《陕北艺术论》吧。

当我从秦直道上经过，注视着秦皇两千年前那远去的背影时，当我怀着诚实，走入我陕北山乡每一位父老的心灵时，当我看着安塞腰鼓以不可一世的姿态踢踏黄土时，当我来到黄河延水关汹涌的渡口，虔诚地为多灾多难的民族祈祷时，我想起我的一位艺术家朋友的话，他说，我们这个民族的发生之谜、生存之谜、存在之谜、发展之谜，也许就隐藏在这陕北高原的层层皱褶中。

是这样吗，高原母亲？我在问你，你为何不答。

对马背民族的一种遥祭

“你懂不懂得一种感觉叫作荒凉？”这是一首流行歌曲里的话。是的，我当时就这种感觉。“荒凉”不仅仅是因为身处一块荒凉地域，而是由于在我的一瞥中，我看到了人类的心路历程。我因此而战栗以至近乎痉挛。那已经是整整二十年前的一幕了。当我得知我逡巡北方的那一块地域，正是匈奴部落迁徙所经的地方。他们于公元 2 世纪启程，自陕北高原与鄂尔多斯高原的接壤地带，途经中亚细亚、黑海、里海，于 5 世纪时，匈奴的一支，成为欧罗巴大陆上一个叫“匈牙利”的国家。我曾经与一位叫穆罕默德·阿里·冯富宽的诗人探讨过这种迁徙心理，因为他本身就是一个流浪民族的后裔。他说，他们普遍有一种深刻的孤独感，他们担心一觉醒来，自己突然像沙漠里的潜流河一样消失。

我的尊敬的朋友、散文家刘成章，这个无可奈何地承认自己身上有匈奴血统的人，在罗马尼亚访问时，他曾经接受过罗马尼亚作协主席夫人深情的一吻。夫人是匈牙利人，她紧紧地拥抱着这位越过两千年的时间和欧亚大陆这样的空间，来到她身边的兄弟。她希望刘成章先生还她一个吻。你能够抵挡这样一个女人的请求吗？你能够按捺住这两千年积淀的感情在此一刻的喷发吗？刘成章照我们所认为应当那样做的做了。这一刻，也许这个小小寰球上发生过许多更为重要的事情，例如“爱国者”拦截“飞毛腿”，例如经过三年禁赛的马拉多纳重披战袍，例如西方七巨头在法兰克福秘密会谈，但是，这一吻远比那些烂事儿更加美丽和深刻。

在我当年骑马逡巡北方的地方，一条干涸了的河流旁边，有一座公墓。一堆庞大原木堆成的木塔，一座挨一座，占了半个戈壁。木头已经发黑、发干，只是在炎阳的炙烤下，它还十分坚硬。我请教过不止一个哈萨克学者，问这坟墓是谁的。他们说，这不是哈萨克的。它显然属于在他们之前来过这里的，一个匆匆而过的民族。那么，今天我想，它会不会是匈奴民族的呢？以上所谈的，完全是和《最后一个匈奴》无关的话题。我无意于追究那已经走失了的历史，也没有闲情逸致去凭吊岁月，我是在解释我的长篇小说的由来。因为它的世纪史，是在两个大背景下展开的：一个是革命的背景；一个是陕北大文化的背景。陕北的地域文化中，隐藏着许多大奥秘：毕加索式的剪纸和民间画；令美国研究者赞叹的绝不同于温良、敦厚、歌乐升平、媚俗的中国民间舞蹈的那个安塞腰鼓；以赤裸裸的语言和热烈的口唇唱出来的陕北民歌，响遏行云的唢呐；四百五十万堂吉诃德式、斯巴达克式的男人和女人。20世纪30年代中国境内的所有红色根据地都损失殆尽，而陕北依然立于天地间。毛泽东一行在这块黄金高原上使事业达到大盛，如此等等，不一而足。解开这些大奥秘的钥匙叫“圣人布道此处偏遗漏”。这是清廷光绪特使、翰林院大学士(大约还是梁启超的岳丈)王培棻视察陕西省，在陕北视察后奏折上的一句话。遗漏的原因是由于在两千年的封建岁月中，这块地域长期处在民族战争的拉锯战之中。退而言之，儒家文化并没有给这块高原以最重要的影响，它的基本文化心理的构成，是游牧文化与农耕文化的结合。而作为人种学来说，延安以北的黄土丘陵沟壑区和长城沿线风沙区，大约很难再有纯正的某一个民族的人种（尽管大家履历表上都一律填写着汉族），他们是民族交融的产物。民族交融有时候是历史进步的一种动力，这话似乎是马克思说的。评论家肖云儒先生又将他这一阅读心得转告于我。

陕北高原最大的一次民族交融，也就是说构成陕北地域文化最重要的一次事件，是在汉，即公元2世纪。南、北匈奴分裂(也许昭君出塞是导致这次分裂的原因)，北匈奴开始了我们前面谈到的那一次长途迁徙，南匈奴则永远地滞留在高原上了。刘成章先生如果有意做一次回溯的话，他也许会发现他正是滞留在高原上的后裔之一。史载，汉武帝勒兵十八万，至北方大漠，恫喝三声，天下无人敢应，刘彻遂感到没有对手的悲哀，勒兵乃还。我想那时，南匈奴已经臣服，北匈奴也已经迁徙到了我逡巡北方的那个地方了。我的长篇中那个农耕文化和游牧文化交汇所生的第一个儿子，他的第一声啼哭便带着“高原的粗犷和草原的辽阔”。这种交汇构成了有别于中国其他地域的一种人类类型心理。如果我是一个严肃的学者和小说家，我只能做出这种解释，我也只能以此作为出发点，来破译这块玄机四布的土地上的各种大文化之谜。

我的世纪史正是在这样的文化背景下展开的，人物和20世纪陕北高原上的几乎所有重大历史事件，正是在这样的文化背景下表现的。如果没有这个背景，所谓的史诗只是徒具形式而已。另一个背景是革命。这里，仍然可以使我们延续“你知不知道有一种感觉叫荒凉”这个话题。革命是促使历史进程前行的一种方法。当这一进程已经不满足于温良恭俭让式的改良的时候，它求助于历史的手术刀。于是，风暴开始了，时代激情呼唤和驱使一部分人去义无反顾地献身、英勇卓绝地斗争，去为自己的利益和自己的阶级的利益而战。“革命是历史的火车头”，列宁的这句话放在这里是合适的。发生在中国 20 世纪的产业工人、农民以及同盟者所进行的革命，习惯上称之为无产阶级革命，或共产主义运动，它正属于上面所说的。这是人类的优秀的思想家们和行动家们，为了寻找合理的生存秩序和完善的社会制度的一次勇敢的尝试和实践。这一实践过程目前仍在继续。

值得骄傲的是，陕北这块地方，曾经有十三年的时间，成为这个历史大动作的中心舞台。因此，我的世纪史必须将这场辉煌放在它的大背景下，或者更准确地说，如果以革命历史题材来框这件作品的话，它乃是以诚实的笔触，表现了革命在这块土地上发生和发展的过程。责任编辑朱珩青女士认为：作者给予了革命一个全新的审美视角，他告诉人们，革命不是外来的，是从土地本身自然而然地产生的，民国十八年的那场大旱较之造成李自成揭竿而起的那场崇祯年间大旱，严重许多倍，因此一定会有革命产生的，不同的是，20 世纪的这场革命，由于有了共产主义因素的介入，使它有了行动纲领和终极目标。

在北京座谈会上，中国权威的长篇小说研究专家蔡葵先生说，他认为作者试图寻找历史的“框位”这个问题，种种的因素“框”定了，历史只能这样走而不能那样走，这一方人类族群只能这样走而不能那样走，每一个单个的人亦只能这样走而不能那样走。蔡葵先生所说的“框位”，大约就是我在“后记”中所谈的“历史的行动轨迹”。我感谢蔡葵先生的深刻，我在题赠给他的书中，称他为“大师”。

暮鼓晨钟，岁月轮回，人类已经走过了它的文明史的相当一段时间了。20 世纪所进行的革命，我的小说所表现的这一幕大剧，是人类进程中的一截链条中的一环。人类还得继续前行，对真理探索是没有穷尽的，但是，这个探索是以目前的一切为基础的。为什么当年我骑着黑走马站在欧罗巴与亚细亚之交，注视满目荒凉的那一刻，永恒的愁苦表情，便像命定的印记一样，凝固在我的前额。为什么呢？因为我看见了人类生存的不易，看到了人类处境的艰难，看到了人类的心路历程充满了荒凉的感觉。不同肤色、不同信仰的人类族群，都如是。那种强烈的孤独感和痛苦感，并不仅仅存在于迁徙的民族中，它同样存在于定居的民族中，它是人类共有的一种无法排遣的情绪。

《最后一个匈奴》中那些斯巴达克式、堂吉诃德式的当代英雄们，他们所忘我献身的事业或垂之以久远，或风行于片刻，那都不是最重要的。最重要的，是人们曾经理想过、追求过，并且在这宗教般的献身中因为自我价值的实现而得到了最大的人生满足。

长篇小说《最后一个匈奴》面世前后，有许多的事情发生。这也许是命运使然，是小说本身的命运，亦是小说作者本身的命运。哎，小说面世已经二十多年了吧！二十多年是个不算太短的时间概念。它的启动是在1979年4月19日。当时，陕西作协恢复名称恢复活动后开的第一次创作会叫“新作者会”。会上，我和一位叫藏若华的北京女知青商量，要合作写一本关于陕北高原的长篇史诗。大约是那年年底，若华女士去了香港定居，这部书就只好由我独立完成了。她留给我的所有资料，是那个剪纸小女孩的口头传说和变成文字的包裹在小说中的那三千多字的短篇《最后一支歌》。我开始了自己梦魇般的写作历程，像一个陀螺一样自转。十多年之后，到了1991年，小说已经完成一大半了。但是小说稿突然丢失了。

这事现在叫我想起来还觉得诧异。1991年7月，中国作协通知我到西安领取“庄重文文学奖”。那时我在延安日报社工作，临行前，一位青年评论家朋友来我家，提出要把稿子带走去看。待我回来，他说稿子丢了，被小偷偷了。我在那一刻五雷轰顶，有一种世界末日的感觉。我主动找了许久，跑遍了这座城市每一个公用厕所，并且和能联系到的小偷，包括小偷组织的头儿商谈，还是没有找到，小说手稿从人间蒸发了。我站在阳台上热泪盈眶，那时的我多么虚弱呀！我明白这是命运，我不应该被打倒，我要从头再来！这样我只好从头写起。

行文到这里，我突然厌倦了自己这种伤感的情绪。本来我还想谈谈该小说后来吃官司、再后来某文学奖评选落选的事。两件事前后有关系。但是我决定不说了，这里只说高兴的事。我感激尊敬的编辑家朱珩青女士。她说，能写出《遥远的白房子》的作者，肯定能写出惊人的长篇的。这样我和作家出版社签约。该书写作途中，她又专程来催稿。她先是到四川寻找周克芹的遗稿，接着又从西安来到延安催稿。她对我说，世界上的事情件件都很重要，但是对你来说，重要的事情只有一件，那就是把《最后一个匈奴》这项“工程”完成。1993 年 5 月 19 日，北京《最后一个匈奴》座谈会上，她穿着一套西装裙，站在会场的门口迎接来宾，年过半百的她像小女孩一样，梦幻般地微笑着。这一幕，也许我会记到死亡的那一刻。

北京座谈会上，国内的评论界大腕几乎悉数到场，他们给予《最后一个匈奴》以高度评价，给予这位涉世不深的写作者以真诚的鼓励，那年我三十九岁。因为来的人太多了，我这里不一一写出来了，我怕记不全，丢掉了谁。不过有两个人我要特别说一下。一个是作家出版社常务副总编秦文玉，他已经于十多年前走了，在福州出的车祸。那是一个多么真诚多么敬业的编辑家呀！他主持会议时，那嘶哑的声音长久地回荡在我耳边。另一个是光明日报社高级记者、散文家韩小惠，除报道《最后一个匈奴》在北京出版以外，还报道了陕西后来相继出版的几本书的消息。《最后一个匈奴》以及由它引发的文学“陕军东征”，代表了长篇小说创作的一个高度。那是种种因素共同缔造的结果，有必然也有偶然的。1990 年中国作家年会在延安召开，马烽在会上评价陕西文学底蕴深厚，必将有所作为，为当时的文学创造了较为宽松的创作环境。1985 年，陕西作协召开了由路遥主持的长篇小说促进会，号召大家写长篇小说，口号是“文学的最后较量是长篇小说的较量”，鼓励大家像巴尔扎克、托尔斯泰学习，以柳青、杜鹏程这样的陕西文学优良传统人为榜样。随后，路遥写出《平凡的世界》，接着《最后一个匈奴》《白鹿原》《废都》先后问世。在媒体会后，《光明日报》上发表文学“陕军东征”的报道，由此掀起“陕军东征”的大浪潮。

这也是纸质文学的最后一次辉煌，后来就开始悲催地边缘化了。

记得有一次，在北京见到柳萌老师，他问我怎么看当前的长篇小说创作。我说“陕军东征”时期曾经达到过一个高度，后来又从这个高度滑落了。该书给出版社带来了可观的收入。记得作家出版社常务副总编王文平对我说，那一年该社的工资、奖金、年终奖，主要靠的这本书。关于《最后一个匈奴》小说的话题，说到这里为止。

矗立高原文化的纪念碑

丰富的生活阅历，苦难的童年经历，对我来说是人生最重要的第一堂课，或者说是第一本教科书。苦难，使你能够接触到人类生存的本质。当人们问高尔基，一个作家最好的早期训练是什么时，高尔基长叹一声说：不幸的童年！

在上世纪60年代初自然灾害时期，原本富庶美丽的关中平原乡下也遭遇大年馑。我祖辈世代居住在靠渭河边的小村子。我出生在那里，也目睹和亲身经历了关中平原那段悲惨的苦难。没有经历过长夜的人不足以语人生。我经历过许多事，可以说苦难伴随着我的一生。我曾经说过，一个人一旦不幸被文学所绑架，被艺术所绑架，他就注定了一生都是悲剧性的命运。我的大半生，其实一直是在两个文化背景下行走，一个是农耕文明，一个是游牧文明。当年在中苏边境，一个荒凉的边防站服役时，当敌人的坦克成扇形向边境线包抄过来的时候，我是火箭筒射手。按照教科书上的说法，当一个射手发射到第十八颗火箭弹的时候，他的心脏就会因为这十八次剧烈震动而破裂。但是，我还是在碉堡里为自己准备了十八颗。那是一种崇高的感觉，希腊悲剧式的感觉，只有经历了，你才能知道。我在一篇文章中说，所幸的是由于双方的克制，那一场边境冲突没有继续，所以我现在还活着。要不，中国文坛或许会少了一位不算太蹩脚的小说家的。

我在陕北生活了三十年，陕北黄土高原、渭河平原和遥远辽阔的新疆大地，是我的精神家园和永远的故乡。《遥远的白房子》《最后一个匈奴》《大平原》等书，是我献给新疆、陕北、渭河平原的礼物，以表感恩之情。我在一篇文章中写道："在渭河边，我度过了卑微和苦难的少年时代。苍凉青春年华则献给了额尔齐斯河边的马背和岗哨，站在亚细亚大陆与欧罗巴大陆之交，倚着界桩，注视着阿提拉大帝和成吉思汗远去的背影。我又曾在延河流淌过的那个城市生活工作过近三十年，走遍了高原尝遍了草。正是这三条河流构成了我文学作品的主要源泉和基本面貌。"正是这些特殊的练历，使得我作品里一直充盈着庄严而恢宏的英雄主义，我不否认在躯体里流淌着红色血液和来自大地、来自民间的气息。我是这块土地上自然而然地生长出的一棵树。

在当年我和著名作家毕淑敏、周涛先生三人随央视拍摄《中国大西北》系列专题片时，我从 1997 年到 2007 年，十年间，足迹踏遍了陕甘宁青新西北五省区，深入厂矿企业、田间地头。在那些年间，我出版了《我在北方收割思想》《西地平线》《胡马北风》《罗布泊大涅槃》等五部作品。《西地平线》《阿拉干的胡杨》被选入高中、大学课本，我被选为《中国作家》杂志推出的当代最具影响的十二位中国作家之一。

"我不知道这近十年来，我为什么痴迷于这一类题材和这一种思考。我常常觉得自己像一个女巫一样，从远处的旷野上捡来许多的历史残片，然后在我的斗室里像拼魔方一样将它们拼出许多式样。我每有心得便大声疾呼，激动不已。那一刻我感到历史在深处笑我。”这是我在《胡马北风》题记里的一段话。我把这种痴迷的原因归结为使命和自己是一个世界主义者。

有很多读者问我为什么钟爱匈奴这个题材，我觉得和我在新疆当兵的经历有关。作为北方人，骨子里多少流淌着游牧民族的血液。喜欢写游牧民族的故事，不仅因为我从小在陕北长大，更和在新疆五年骑兵的经历有关（我是中国最后一代骑兵，骑兵这个兵种就是在我们这一代消失的）。我真正对游牧民族的了解，还是在新疆，作为中国最后的骑兵曾经在草原上、古墓旁穿梭，和游牧民族打了五年的交道，在后来写长篇小说《统万城》时，我把自己很多生活经历都融入其中。“统万城”是匈奴民族留在大地上的最后一声白天鹅的绝唱，而匈奴民族在亚欧大草原上的几百年飘荡，也许是世界史上最悲壮的史诗。

二十多年前出版的《最后一个匈奴》小说，是我在黄陵县委挂职期间创作的，上世纪 90 年代，《最后一个匈奴》在中国文坛引起不小轰动，被称为“陕军东征”的“三驾马车”。当年的“陕军东征”至今依然被认为是新时期当代文学最重要的事件。1977 年我从骑兵部队退役，写出了《白房子》等小说。之所以创作《最后一个匈奴》，也是对古匈奴民族精神的一种敬仰，是对马背民族的一种遥祭，也可以说是对骑兵生涯的另一种缅怀。我说过：“当一个高贵的马上民族有一天脱离了马背，而必须在大地上匍匐行走时，高傲的性格和卑微的境地所形成的反差，会日夜撕裂着它的胸膛。”

《最后一个匈奴》是我为陕北高原建造的一座纪念碑，呈现了在陕北这块特殊地域里匈奴曾留下的深深足迹，是一部带有希腊式悲剧色彩和崇高感的高原悲壮史诗。我当年在写这部作品时，就深刻感觉到游牧文化对中华文明的影响，尤其是陕北地区。我认为陕北是游牧文化和农耕文化的交汇点，抑或是一个拉锯地带。在中国历史上两千年封建社会中，有一半的时间是被游牧文化经营，另外一半时间则是由农耕文化经营。如果说，《最后一个匈奴》是写农耕文明替代了游牧文明，那么《大平原》则是讲工业文明替代了农耕文明。

唱给农耕文明的挽歌

在2009年12月底最后一天，长篇小说《大平原》的北京研讨会上，著名批评家李建军先生说，《大平原》是老高行将步入晚年的时候，用文学的形式，为自己寻找一条回家之路。我同意李建军先生的这句话。《大平原》也是我的重要作品之一。

我的家族中许多传奇性的人物，他们活着的时候，都曾经将他们的故事讲给我听。如今他们已经纷纷谢世，在三尺地表之下永缄其口。每年清明节我为他们上坟的时候，都觉得因为没有将故事写出来，而难以面对。我的伯父，小说中那个著名关中刀客形象，在行将就木之时，对我说，你难道会像我们一样，将那些家族秘密带入坟墓吗？这就是我写《大平原》的原因。

我说过我这大半生，有三个精神的栖息地，一个是从军的阿勒泰草原，一个是成长的陕北高原，一个是出生地，我的桑梓之地渭河平原。我为阿勒泰草原写出了震动文坛的中篇小说《遥远的白房子》，该作现在还被公认为新时期文学以来最好的小说。我为陕北高原写出了高原史诗《最后一个匈奴》。如今很好，我兑现承诺了，我完成了《大平原》。

我有一个罗曼蒂克的想法，在一篇《请将我一分为三》的文章中，我说，如果我死后，请将我的骨灰一分为三，一份撒入渭河，一份撒入延河，一份撒入额尔齐斯河。《大平原》在 2011 年的茅盾文学奖评选中止步于第五轮，即在一百七十多部作品中名列第二十三名。几乎所有的评委都认为《大平原》是参选作品中最好的小说，我本人也是这样坚定地认为。但是最好的并不一定就是获奖者，而我本人也平心静气地接受了这一事实。在第二年，也就是 2012 年的全国“五个一工程”奖评奖中，《大平原》荣获长篇小说第一名。“五个一工程”奖应当是最高的国家奖。小说的深厚的历史感和现代感，它的宏大叙事风格，得到了评委们的赞誉。

普希金说，现在这个世界上，已经没有什么事情能震荡我的心灵了。我写过一篇文章，叫作《我把读者的认可当作对我的最高褒奖》。此一刻，我将这话再说一遍。《大平原》这部小说，小而言之，它是一部渭河平原的百年沧桑史，被文学圈内人称赞是中国式的《百年孤独》。它通过一个家族三代人的不平常际遇，反映了一个时代变迁史，刻画了一群栩栩如生的人物。大而言之，《大平原》则是唱给中华农耕文明的一支赞歌和挽歌。

夕阳凄凉地照耀着这块冲积平原，村口那棵百年老槐被用起重机吊起来，放在平板车上，平板车缓缓地驶出人们的视野。在世界工业化、都市化的进程中，村庄将不可避免地被夷平，成为城市的一部分。而那棵曾经的老槐树，它将被移栽到城里街心花园，成为一棵风景树。在《大平原》中，我以宗教般的虔诚介绍了我的家族人物，我的爷爷奶奶，我的大伯，我的父亲，我的母亲顾兰子。在写作过程中，我的案头上始终燃着香，在香烟缠绕中，他们冉冉走出。我的祖母是乡间美人，当她躺进棺材木里的时候，在最后一眼的告别中，儿孙们才发现了这一点，他们遗憾自己太粗心了，在她生前竟然没有能认真地看一眼她，并将自己的所看告诉她。

我的祖父是一位乡间哲学家，当他躺进棺材木里的时候，突然又睁开眼，对这个世界说，我的名字为什么叫“高发生”，我现在明白了——世界上所有的事情都没有道理，它的发生就是它的道理。说完，他重新闭上眼，抬手示意将棺木盖儿为他盖上。

贯穿整部小说的一个人物，是我的母亲顾兰子。记得在北京研讨会上，小说研究者们说，她虽然出场晚了点，但是是小说中的一号人物。花园口决口，豫东大地成为一片泽国，六岁的小女孩顾兰子，被担在担子里，开始她的逃难生涯。蝗虫一般的逃难队伍，在那年冬天，黄河结冰以后，从风陵渡地面，逃到陕西，然后逃到国民党行政院为他们设置的逃难目的地——黄龙设治局。然后在那里有一半人死于霍乱。国民党干过许多没名堂的事情，炸开花园口，让豫东几十个县成为泽国，让豫东数百万百姓沦为鱼鳖，三十多万死亡，就是其中之一。

《大平原》一书出版以后，黄龙县政府请我到那里去，他们要在高家当年逃荒居住的那三孔窑洞，为我建一个文学纪念馆。这个名曰“白土窑”的村子，已经在新农村改造中整体搬迁，搬到大的一个村子里。这个村子，将要被夷为平地，重新成为农耕地。而顾兰子居住的“安家塔”，已经变成玉米田了。我对镇长说，给我建文学馆这事就算了吧，只将那三孔窑洞留下，门口竖一个简单介绍的牌子就行。有一个窗口，放我的电影、电视剧，向游客赠送《大平原》这本书。我还说，希望能将“白土窑”这个村子保留下来，变成一个“黄河花园口决口河南省扶沟县、鄢陵县难民逃荒纪念馆”，然后，在公路旁竖一座雕塑群，再现当年挑担子、推小车的河南花园口难民的情景。

那三孔窑洞，在窑畔底下有三棵老梨树。据说这三棵树，就是爷爷当年栽的。我专门从那树上摘了些梨，拿回西安给我的母亲，让已年过八十岁的顾兰子吃。梨难吃极了，一咬满口渣，当地人说，这叫“牛眼梨”，现在品种改良，它早已经被淘汰了。

畔上还有一个碾盘。畔顶上不远处，涝池旁，还有一棵高大的柳树。顾兰子说，这碾盘她记得，那大柳树她也记得，她生下的儿子，也就是我，为什么这么聪明，就是因为她怀我时，到这棵神树下讨水喝的缘故。黄龙人说，我是在黄龙出生的，这里是我的家乡。我说，我好像是在关中平原，在高村出生的，生在天傍黑，人们喝汤的时候。回到西安后，我问母亲。顾兰子说，两种说法都对。怀你，是在黄龙山，怀孕三月头上，回到高村。

我原一直有一个想法，想陪母亲回黄龙山一趟。可是三次都要出发了，顾兰子却突然心脏病发作，住进医院。后来她说，你们就饶了我吧，对于你们来说，那些仅仅只是故事，可是对于我来说，那里是我的伤心之地，我都这一把年纪了，求求你们，就不要勾起我的伤心事了。我只好作罢。

在陈晓琳先生的主持下，《大平原》在台湾出版。以前风云时代已先期出版了《最后一个匈奴》《统万城》，不胜荣幸之至，他们又出版《大平原》。前面两本书都出得棒极了。捧着沉甸甸的书，我流下了眼泪。到了我这个年龄，世界上已经没有能叫我激动的事情，但是捧着这散着墨香包含着编辑家心血的书，我仍然激动不已，难以自持。哎，文学，一个叫我们敬畏、叫我们恐惧、叫我们迷惑的东西。西班牙小说家乌纳穆诺说，圣殿之所以辉煌庄严，因为那里是人类共同哭泣的地方。捧着这台北寄来的书，我就是这种感觉。

我还将有一些书要在台湾出版。我真幸运，遇到了这么好的编辑家，遇到了这么好的读者。2010 年的中秋，我跟随大陆一个名流访问团曾来过台湾。我的感觉是，台湾所有的人，所有的建筑，所有的气氛环境，都叫我觉得亲切极了，稔熟极了。在南投县的那个陕西村，乌面将军庙前，那一群看戏的妇女，褐色的圆脸庞、大屁股、碌碡腰，多像我家乡高村的村姑。而那些男人们，更像我的隔山兄弟。“隔山兄弟”是一种民间的叫法，意思是指同父异母或同母异父的兄弟。我看着这些台湾的男人们，那种从骨子里生出的亲切感，与那种礼仪上的陌生感，都让我突然想起“隔山兄弟”这句话。

我希望两岸永远不要有战争。战争绝对不是好东西，不论伤到谁，都叫我心疼。那是中华民族整体利益的损失。我也相信人类越来越智慧了。如果教堂里的钟声响了，不要问丧钟为谁而鸣。丧钟在为亡者而鸣的同时，也就是在为你、为我而鸣。我们中的每一个人死了，这是人类总体利益的损失。作为一个文化人，我希望政治家们要有这个思维，要有这个高度，和这种大悲悯情怀。

六道轮回图与成吉思汗秘葬之地

有一个大秘密，我想趁活着的时候把它告诉给世人，从而给成吉思汗研究提供一些参考。

我想这个秘密，肯定许多人是知道的，起码，那些每年成吉思汗忌日之时，迢迢千里去到贺兰山塔寺口祭祀的人们，他们是知道的。但是，大约是出于一种约定或规定，他们秘而不宣。从这个角度来说，我不知道我写这篇文章合不合适。犹豫了两年，我才决定写它。

这项研究成果也不是我的，它出自两个人，一个是在宁夏银川居住的王先生，一个是在内蒙古鄂尔多斯市居住的巴图吉日嘎拉先生。这是他们用毕生的时间研究、求证，实地勘察得出的一项成果。他们同意并且怂恿我将他们的研究公之于世。

世界的伟大征服者、一代天骄成吉思汗，死后葬身何处，这一直是一个大谜。现今的位于内蒙古鄂尔多斯市伊金霍洛旗的成吉思汗陵，仅是一个衣冠冢，这是得到大家公认的事情。

2004 年的时候，我曾经出过一本书，名字叫《胡马北风大漠传》，《成吉思汗的上帝之鞭》是这本书中的一节，它被单独挑出来在许多报刊发表，并获得2004年度的中国散文十佳，后来又获得郭沫若散文奖。

在该文中，我写了成吉思汗在率兵攻打西夏王城时，不幸中箭，半月之后不治而亡的事情，写了围绕如今的成陵而产生的许多美丽动人的民间传说，写了乌兰夫上世纪50年代初去拜谒成陵的情景。

乌兰夫问守陵人：“我可以进到那安寝的穹帐中，打开棺木看上一眼吗？”守陵人对我说，他当时这样回答的：“乌兰夫同志，你就是当代的蒙古人的汗，你当然可以看！”这样，屏退左右，乌兰夫独自一人，进了那穹庐般的帐篷里。“他看到了什么呢？”我问。守陵人对我说，乌兰夫出来后，神情肃穆，一言不发。于是他也就不敢再问。

记得那时（1989年7月）我问这位年迈的守陵人，那么棺木里到底放着什么圣物呢？守陵人告诉我，里面放着成吉思汗东征西讨时的两只马镫，大约还有一些王妃们的衣物。而这次（2008年9月）在银川，王先生和巴图先生则告诉我，灵柩中放的是骆驼毛，大约是大汗行军歇息时御寒用的。

关于这具空的灵柩，当年日本人侵略中国时，为保护它，灵柩曾被从成陵启出，先运往延安，再运往黄陵，再运往西安的广仁寺（广仁寺是西藏活佛的行宫，慈禧太后西行的避难处）。灵柩原先的计划，是运往青海的塔尔寺秘藏，后来由于西安一直没有失守，所以灵柩一直在这里，直到抗战结束，重新搬回成陵。

既然成陵里安停的是一具空棺，那么，这位伟大人物，他的安寝之处到底在哪里呢？这件事成为这几年史学界、考古界以及民族史研究者们热议的一个话题。按说，溥天之下，莫非王土，大汗无论葬身何处，都是天经地义的事情，但是，人们总希望多了解一些历史，多了解一些这位一代天骄。即使是出于普通人的好奇心，人们也想知道。

下面我先谈谈巴图吉日嘎拉和阿尔寨石窟，以及成吉思汗六道轮回图，再谈谈王先生，贺兰山，以及贺兰山口的塔寺口和卧佛山——这推理出的成吉思汗秘葬之所。

现今的成吉思汗陵地面，属伊金霍洛旗。而阿尔寨石窟，属鄂托克旗，它们都属于当年的伊克昭盟，现今的鄂尔多斯市管辖，两地相距应该在一百多公里，都属于鄂尔多斯台地的腹心地带。

“鄂尔多斯部”按照蒙古人的说法，是“祭祀者集团”的意思。而“鄂尔多斯”这个地名，是不是得之于此，我不太知道。鄂尔多斯台地，是一个幅员辽阔的地理概念。小学地理课本上说，我国的地理，西高东低，共分三级，西边最高，是青藏高原；第二级则是鄂尔多斯台地；第三级最低，叫东南丘陵。

鄂尔多斯这个地理概念，其实还可以有另外一个叫法，叫黄河大河套地区。自青海，而甘肃，而宁夏，而内蒙古，而陕西，而山西，黄河流经的这一片丰饶的冲积区平原，有个杀气腾腾的名字，叫“大河套”。

巴图先生写了一本书，叫《阿尔寨石窟》，为了叙述的省力和准确，我在下面引用他对石窟的描述。

阿尔寨石窟位于中华人民共和国内蒙古自治区鄂尔多斯市鄂托克旗西北部的阿尔巴斯山中。石窟又称百眼窟，处于北纬

39.7度，东经107.3度之点上。当地人称为“阿尔寨乌兰乌苏”“阿尔寨乌里雅苏”“阿尔寨阿贵”等。阿尔寨一词，蒙古语中意为“隆起的”“平地突起的”。整个阿尔寨是一座红色砂岩小山岗，高约40米，东西长约300米，南北宽约50到80米。山顶海拔高度1460米。

被称为阿尔寨的山岗共有三座，即“苏美图阿尔寨”“伊克阿尔寨”和“巴嘎阿尔寨”。三座山岗相接，以前者为最大，“苏美图”是蒙古语“有庙的”，“伊克”是大，“巴嘎”为小。

石窟群分布在“苏美图阿尔寨”山岗上。洞窟多分布在崖顶以下高30米左右的范围内。目前得到确认的有67个石窟，集中分布在山岗的南壁上，可分为上、中、下三层。山岗岩壁上还存有20座浮雕石塔，其中一座为密檐式塔，其余为覆钵式塔。此外，山岗的平顶部有6座建筑遗址。

“伊克阿尔寨”即“大阿尔寨”山顶上有一座察哈尔蒙古部的“鄂博圣地”。每年阴历五月十三日举行盛大祭奠，由居住于鄂尔多斯地区和阿拉善地区的蒙古人参加，当地鄂尔多斯蒙古人不能参与其独特的祭祀活动。此外，在‘巴嘎阿尔寨’即‘小阿尔寨’的南壁上凿有两个石窟，雕有4座佛塔。在“苏美图阿尔寨”的南坡上有两个蒙古包的地基，直径为355厘米，均由灰色砖铺成，每个砖的尺寸长为38厘米，宽为18.2厘米，厚为6.5厘米。另外，在“苏美图阿尔寨”西两公里处有一座塔基，出土了大量泥塑小佛塔等。

一条叫察哈尔的季节河在阿尔寨石窟的西南处。平时是一条干沟，雨季时会出现滔滔洪流。从察哈尔河向北，居住有大约二十几户察哈尔蒙古人，据说，他们是17世纪30年代左右，蒙古最后的大汗林丹汗经过鄂尔多斯西进青海时，留居鄂尔多斯者的后裔。也有人认为，他们是林丹汗在青海地区长逝之后，由其统帅的察哈尔部不得不东归的遗民。有着如此背景的察哈尔人在鄂尔多斯七旗皆有分布。

阿尔寨石窟位于一处通往东西南北的交通要冲。北渡黄河可以直达十三世纪蒙古帝国之首都哈剌和林与库伦（即今乌兰巴托），南越长城可以过榆林府及延安府而奔西京长安，往东则可以抵呼和浩特而控大同和宣化，赴西即可据宁夏而望青海。

感谢我们的朋友巴图，他是如此翔实地为我们描绘了阿尔寨的情景。在我的印象中，他大约是这一带的人，所以话语中充满乡情色彩。这位文化学者好像还是个文化官员，在旗的文化局或文物局供职。

阿尔寨石窟像中国地面上的大部分石窟一样，它的最初的启动工程是在魏晋南北朝，后来历朝历代都在修缮和扩展，而在成吉思汗大行之后，这座石窟被扩建和改造成成吉思汗纪念堂，以做祭祀和礼佛之用。其主旨是：

成吉思汗在世时，镇守蒙元汗室，是政教合一的最高统治者。成吉思汗大行之后，经过六道轮回，升天化作佛教四大天王之一多闻天王的形象，继续镇守世界的北方，成为社稷守护神。

阿尔寨石窟是佛教传入中国，从克孜尔千佛洞而敦煌莫高窟，而云冈石窟，而龙门石窟，其中间的一个跳板。阿尔寨虽然是在旷野上，但是有一条重要的道路从它旁边穿过，这就是自长安城而九原郡（今包头）的秦直道。在那个年间，秦直道两旁建有许多的石窟，它们当为北魏拓跋焘时期所建。

在阿尔寨这块大河套的腹心地带，这块成吉思汗当年曾鞍马劳顿，多次历经的地方，这块他曾在此摔伤和养伤的地方（据《蒙古秘史》），在他长逝后，人们将这座石窟扩建和改造成寄托哀思之所。

阿尔寨第28号窟内画有成吉思汗御容图。图中，成吉思汗以阿尔寨石窟为背景端坐中央，环绕在他周围的三女子则是右手依次为孛儿帖哈敦与忽兰夫人，左手为也速干夫人。成吉思汗左方的四男子当为皇子术赤、察合台、窝阔台和拖雷。

阿尔寨石窟第32窟，描绘了众多的度母形象，并用回鹘蒙古文刻写了许多经书，诸如《忏悔三十五佛之赞歌》《圣救度佛母二十一种礼赞经》《十六罗汉颂》《男居士达摩达拉赞歌》《四天王赞歌》等。

阿尔寨石窟第31号，是一个内容更为丰富的窟，里面有成吉思汗镇守蒙元汗室壁画，有宰相八思巴为蒙元汗室成员举行灌顶仪式壁画，有八思巴讲经图，有诸多的绿度母故事，有供养菩萨像，有轮回图。而其中最应该引起我们注意的，或者说启动了王先生和巴图先生智慧大脑，展开推测和想象的，当是这31号石窟中的《成吉思汗六道轮回图》。

该图自下而上共有七层，仿佛有七重天一样。第一层，斑驳的画面上，隐约可见居于画面中央的山门，以及山门旁边的佛塔，佛塔之侧，似有小山岗一样的敖包。

第二层，斑驳中，可以看见许多的房子，它们大约是寺院，还有人们礼佛的情景。

第三层，一座隆起的绿色的山，正中央是一个端坐的千手观音形象，左边是一座高高的三层建筑，像威严的城堡，右边也是一座城堡，房屋错落。那千手观音似乎有犍陀罗风格。

第四层宛若仙境，出现有五座山头，每一座山头上都有佛在静修，生灵万物沐浴在仙乐中。

第五层有许多的建筑，石砌的山门，山门左侧是两个硕大的蒙古人帐篷。画面左侧有着高大的建筑，仿佛辉煌楼阁。画面右侧，是蒙元丧葬场面，三个蒙古大汉抬着棺木，两个大汉的头发垂下来，一个大汉则戴着蒙古式的宽檐礼帽。那棺木与我们在成陵中看到的棺木十分相似，长条形的，棺盖与棺身连接处，打三个扣。棺木的后方，是倒毙在地的战马；前面则是一位绿度母在引魂，下方端坐的正在诵经的大约是女萨满。

第六层正中端坐的，是一位通体乌黑的大佛。画面下方，是依山而筑三溜或四溜占满画面的房子。画面上方，则是为成吉思汗歌功颂德的战争场面。佛的左右两侧，各有两匹马，驮着辎重，嘶鸣而来。佛的下方亦有马在奔驰。

第七层，《成吉思汗六道轮回图》的顶端一层，是高高的山顶，山的顶端，那端坐的应当是已经经过六道轮回，升天成为北方之神多闻天王的成吉思汗本人。山顶祥云朵朵，楼阁辉煌巍峨，宛如幻境。

这就是阿尔寨石窟第 31 窟那幅著名的《成吉思汗六道轮回图》的实景描写。

我的学识有限，所以在这件圣物面前，我唯一能做到的，是亦步亦趋地描写，把我看到的告诉大家。

我想当年的王先生和当年的巴图先生，一定也像我今天这样细致地观看过，但是他们比我高明，他们是专家，他们是有备而来，所以他们能从这《成吉思汗六道轮回图》中，看出创作者当初那隐秘的暗示和昭示。

这暗示和昭示是说，这《成吉思汗六道轮回图》并不是虚构的东西，也不是想象的产物，它是对真实发生的一件重要事情的记载。这件事情就是一代天骄成吉思汗的秘葬场面。

也许，那描绘这幅图画的人是在等待有一天有人来看出这图画中的秘密，结果他的良苦用心得到了回报。他等到了这个人，而且一次等来了两个。

天开一眼，王先生和巴图先生面对《成吉思汗六道轮回图》激动不已，他们认定，这幅图画并不是虚构的六道轮回图景，而是真实的成吉思汗秘葬场面。继而，他们便开始了在大河套地区，寻找与图案中相近似的山岗地貌的漫长过程。

他们后来找到了，这地方就是银川城附近的贺兰山塔寺口。

2008年的9月初，银川城铺满了阳光，处于巴丹吉林沙漠与黄河挟持下的贺兰山，逶迤地伸向地平线的远方。在银川城，我见到了王先生。

我那次银川之行有两件事。一件是央视四频道《走遍中国》栏目要拍一部专题片《贺兰山》，邀我做文学顾问。该片的创作意图，说小，就是以贺兰山崖画为依据，反映整个大河套地区的历史文化；说大，则是以贺兰山崖画为依据，反映人类的祖先从非洲开始，而环大西洋沿岸，而环太平洋沿岸的远古迁徙史——人类在这充满想象力的迁徙历程中，雁过留声，在路途上的崖石上刻下了许多神秘崖画。

第二件事情则是参加自治区政府举办的贺兰山崖画节。

这样我见到了居住在银川城的王先生。

我曾经说过，我此生注定将会遇到一些重要人物，那么这次在银川遇到的王先生，就是其中一个。他是东北人，大约是锡伯族，高大，爽朗，有着野外工作者那样的体质和面孔。他大约已经退休，赋闲在家。

他的家中有许多的收藏。他像小孩子玩积木一样，将这些收藏从里屋拿出，让我们观赏后又搬进去。他在茶几上摆满了蓝田玉，然后告诉我们说，这是新玉，这是老玉，他用光谱仪测试过。这新玉并不是当年那种意义上的蓝田玉，当年的蓝田玉，当采自骊山。

他说，骊山是一座宝山，那地下因采玉而掏空，当年他曾经扛着仪器，在山腰间女娲庙附近，探测到这坑道的入口。《山海经》中说，共工怒触不周山，天倾西北，地陷东南，这句话不是传说，真正的事实的确是这样的。从昆仑山（南山），再到喀喇昆仑山（美丽的南山），再到南山到此终结的终南山，山在结束的时候向东北伸出了一条“腿”，这条“腿”就是骊山，宝物就藏在这山中。

他说，他的推测，秦始皇并没有埋在现在公认的秦始皇陵，而是埋在这因开采蓝田玉而掏空了的骊山中，然后封闭了坑道。他说现在被认为是秦始皇陵的地方，那个大土包应当是阿房宫东门的巨大楼阙的土基。古诗中说，西北有高楼，这“高楼”就是指的这地方。或者这巨大土包是阿房宫与秦陵合二为一的东西，但是，秦始皇并没有埋在这里。

看来，这位地质工程师出身的人，是一个帝陵方面的研究专家。关于西夏王陵，他也提出了自己的看法。他认为现在公认的那六七个大土包，并不是西夏王陵，而是王陵区门迎前面的楼阁，真正的王陵要靠后，往贺兰山方向再走二十多公里，在那条公路转弯处的峰峦之下。为了加强他的说法，王先生还带领我们摄制组，来到那个地方。“唐承汉制，宋承唐制，以山为陵，”王先生说。他领我们来到一条低洼的从山脚通下来的地沟前，告诉我们，他曾经扛着可以探测到地下六米的地质探测仪，细心地探测过，证明他的推断是正确的。

如果说王先生关于秦陵的推断，笔者尚有一些疑问的话，那么他关于西夏王陵的推断，我则是完全同意的。因为我每次去看西夏王陵，也都有这样的疑惑：西夏诸王是不会这样坦然地把自己的陵墓裸露地建立在这一马平川上的！我在《胡马北风大漠传》中说，西夏王朝是一个为战争而生的国家，从李元昊称帝后，战争一直伴随着这个可怜的国家，此其一；其二，西夏的文字、礼仪等等，都是在亦步亦趋地效仿宋朝，以山为陵这件事，也是应在效仿之列的。

闲言少叙。记得那天在王先生家中，当我们从蓝田玉谈到和田玉时，先生颤巍巍地，从里屋抱出了牛头大的两块，告诉我们说，这种籽玉，现在已经采不到了。他的夫人还抱出一块好像里面装有水胆的宝石，蓝汪汪的，她说，中国地质博物馆也有一块，比我家这块小一些。记得，王先生还拿出两副用玉做成的眼镜，让我们戴。那眼镜对着太阳直视过去，一副发出一圈一圈的菩提光，一副则发出一束束的莲花光。记得，当听说我们剧组在拍《贺兰山》时，他用脚踢了踢床下。他说，这是一块翡翠，前天一个广东人来，两千万我没有卖，你们剧组拿去做经费吧。

不过王先生最好的私藏，却还不是这些，而是六世达赖喇嘛仓央嘉措的护身符。那是一件用纯金做成的手掌大小的圆形物件，中央部位镶有一枚大拇指大小的祖母绿宝石，环绕宝石，镌刻着藏传佛教“唵嘛呢叭咪吽”六字真言。当年，这位天才诗人，命运多舛的传奇人物，大约就是佩着这护身符流浪四方，最后倒毙在额济纳路旁的一棵胡杨树下的。

王先生是在剧组的一再请求下，有些不情愿地拿出来让我们看的。不过好东西总要示人的，所以他后来也高兴了。这件圣物是如何到他手中的呢？他说，仓央嘉措过世之后，他的遗体被涂以泥巴，塑成真身，供奉在额济纳地面的一座庙里，前些年地震，真身垮塌了，牧民捡了这护身符，然后几经倒手，到了他手里。

我想由于有了上面的描述，你们对这位王先生大约也就有了一些了解，从而也明白了，由这样的一个人物来发现和揭示成吉思汗秘葬之地的秘密，就是可以理解的了。

不过王先生说，还有一个人，比他更具智慧，这个人叫巴图吉日嘎拉，他这次也来参加贺兰山崖画节，我们已经相约，明天去塔寺口，实地勘察。

第二天上午，秋阳灿烂，在贺兰山口那个新建的“贺兰山崖画博物馆”门前，参加完崖画节开幕仪式后，王先生，巴图先生，我，专题片导演、策划、编辑、摄像，我们一同驱车去贺兰山塔寺口，实地勘察这阿尔寨石窟《成吉思汗六道轮回图》向我们揭示的成吉思汗秘葬之地。

山很高。这大约是贺兰山行驶到这一段后，最高的几座山峰了。远远望去，山峰隐现在蓝天白云中，那最高的一座山峰，仿佛“轮回图”中那座睡佛一样，横卧在山巅之处：鼻梁，眼睛，嘴唇，下巴，隆起的双乳，肥厚的臀部，长舒的裙裾，活灵活现。

往下一层一层，站在山脚下，用我们的肉眼判断，果然像“六道轮回图”中所描绘的那样，从山顶到山根，有那么六阶到七级的样子。

不过这山阶之上，六道轮回图中所描绘的那琳琅满目、拥拥挤挤的建筑物，已经像被一场风刮去了一样，荡然无存了。王先生手捧着巴图的这本书，打开“六道轮回图”这一页，对着图，指着这眼前的大山，与巴图先生指指点点。我们的摄影机作为资料，录下了这些画面。

那寺院、楼阁、一道一道的山门，都已经经过八百年沧桑，而荡然无存，只有这山坡的轮廓，这山峦的走势，对照地图，能看出这卧佛山与“六道轮回图”的酷似。山脚下，还有两座白色的塔，兀立在那里。据说，这地方原来有一百零八座白塔，从山脚一直排列而上，直到山腰。如今，不知道是因为风雨剥蚀，还是人为破坏，只剩下这孤零零的两座了。这地方叫“塔寺口”，大约就是因此而来。

唯一没有发生变化的，就是这倚着白塔的左侧，顺贺兰山山脚堆起的那九座敖包。它们像九座小山一样，顺着川道排开。据说，当年这九座敖包的堆砌，是三万蒙元大兵，一人从戈壁滩上捡一块大石头堆砌而成的。我们注意到了，别处的戈壁滩上，有着许多的鹅卵石，独这一处川面，平展展的，大一点的石头一颗也没有。

王先生和巴图先生在交谈，对证那每一层上当年建筑物的位置。王先生说，在他的记忆中，白塔之侧那座山门，“文革”期间还在，而那寺庙群的坍塌，好像也应当是不算太久远的事情。

王先生说，卧佛山塔寺口这一块地面，十分地奇怪。蒙元帝国结束后，从明到清，到民国年间，这块地面好像得到了某种默许，或达成了某种默契，它一直没有被占领过，或者换言之，一直由已经消失的蒙元帝国统治着。

他还说，自成吉思汗大行之后，每年的某个季节，都会有一支从东北方向过来的蒙古骑兵，杀开一条血路，来到这塔寺口山门前，举行祭祀活动，祭祀者所烧的纸灰竟有一尺多厚。他在小的时候，见到过这祭祀的场面，还看到祭祀活动结束后，当地人挥舞着铁锨，收拾纸灰的情景。

王先生说，这样一支已经消失的帝国的骑兵，他们迢迢千里，长途奔袭，为一场祭祀而来，这说明这卧佛山下，一定有一位重要人物的安葬。而他们年年如此，如期而赴，说明他们在遵从着一种古训。

王先生说，这样一支祭祀的队伍，也许知道这卧佛山上所祭祀的是谁，也许不知道。不过，他的推测，他们中起码有些老人是知道的，但是遵照古训，守口如瓶，向世界保守着这个巨大的秘密。

所以从这个角度讲来，知道一代天骄成吉思汗葬在这贺兰山塔寺口卧佛山下的人们，不只是我们几个，那些年年前来祭祀的人中，一定也有人知道，只是他们秘而不宣而已。

透过层层为岁月所遮掩的历史尘埃，我们在试图走近和试图揭开一个巨大的历史秘密。我们做到了吗？也许做到了，也许没有做到。

站在山脚下，望着那睡佛安详地躺在山峰之巅，它身上那蓝色的岩石（贺兰石）、白色的岩石（贺兰玉）、金黄色的岩石（贺兰麻黄石）闪闪发光，而母亲河黄河，在我们的身后，发出千年不改的叹息。我在那一刻这样想——

《金枝》的作者，英国人弗雷泽说，以现代人的思维方式，来推测那些遥远年代的事情，你的推测也许距离真实很近，也许是谬之万里。

我同意弗雷泽的话，但在同意的同时我明白我们还是要继续推测。出于一个普通人的好奇心也罢，出于一个文化人试图揭开一桩历史大奥秘也罢，或者，出于为中华文明的建树，增加一些资料和史料也罢，都应该这样做。

我在凤凰卫视《世纪大讲堂》讲演时说，世界上几个文明古国都消失了，我中华文明能一直郁郁葱葱地直到今天，它的原因之一就是中华文明靠两条腿走路，一左一右捯着步子前行。这两条腿一条是农耕文化，一条是游牧文化。

我还说，我是一个世界主义者。当某一年的夏天，我沿着中亚地面的额尔齐斯河前行的时候，流域两侧有着各民族的许多的坟墓。我脱帽向每一座坟墓致敬，那一刻，我觉得他们是我的共同祖先，而我，是他们打发到21世纪阳光下的一个代表。

这篇文章有些冗长了，那么就此打住吧！我把我所知道的，诚实地报告给了这世界。我是真诚的，如果这篇文章，能给我们认知的领域，哪怕增加一点点新的东西，那就是对我的报偿了。当然最后，允许我和亲爱的读者一起，在这里感谢王先生，感谢巴图先生，没有他俩，就没有这一篇文章了。

西域文明与中国文化

向坟墓致敬

很高兴见到各位。我是一个写作者，我对自己的要求用尼采的一句话来表达，即：我有一个野心——用一句话来表达出别人一本书所表达出的内容和一本书所没有表达出的内容。能不能达到是一回事，但是我必须这样苛求自己。我今天和各位交流的题目是《中华文明基因中的胡羯之血》。

我本来是一个小说家。可是，我不能明白，这几十年来，我为什么突然痴迷于这一种人类学领域的题材和思考。我常常觉得自己像一个女巫或者法师一样，从远处的旷野上拣来许多的历史残片，然后在我的斗室里像拼魔方一样将它们拼出许多式样。我每有心得便大声疾呼，激动不已。那一刻我感到历史在深处笑我。

我把我的这种痴迷悟觉分为两个原因。一个是随着这些年我在西部地面上风一样的行走中，我取得了历史的信任，它要我肩负起一个使命，即把历史的每一个断章中那些惊世骇俗的一面展现给现代人看。另一个原因，则是随着渐入老境，我变成了一个世界主义者，我有一种大人类情绪。在途经的道路上，我把遇到的每一个人都当作我最亲的兄弟，我把道路上遇到的每一座坟墓，无论是回族人的拱北，蒙古族人的敖包，维吾尔族人、哈萨克族人的玛扎，藏族人的玛尼堆，都当作我的祖先的坟墓。当然这些还包括汉族兵团人的“十三连”，还包括突厥人留在大地上的草原石人，还包括无名游牧民族留在阿尔泰山的古老岩画，还包括楼兰人那著名的千棺之山，等等。路经每一座坟墓时，我都向它们脱帽致敬。在那一刻我感到他们就是遥远的祖先，而我，是他们打发到21世纪阳光下的一个代表。

中国在世界上的地理位置

在数千年的历史进程中，世界的西方首都是罗马，世界的东方首都是长安。这中间，隔着辽阔的欧亚大平原。在这块平原上，有高山峻岭，有湖泊湿地，有草原和干草原，有戈壁滩，有原始森林，有一条条河流。单以河流而论，俄罗斯草原有四条主要河流，它们依次是鄂毕河、伏尔加河、涅瓦河、第聂伯河。然后向西，在欧亚大平原的西头，是多瑙河、莱茵河。而在欧亚大平原的东头，是中国古书上记载的乌浒河、药杀水，是中国的母亲河塔里木河、黄河和长江。

然后在这块大平原上，生活着许多游牧民族，按照法国人类学家勒尼·格鲁塞的说法，他们以八十年为一个周期，或向世界的西方首都罗马涌去，或向世界的东方首都长安涌去，向定居文明索要生存空间。

这块大平原将东方和西方隔开了。

人类第一次跃上马背，是距现在三千五百年时候的事，按照蒙古族学者孟驰北老先生的考证，第一个跃上马背的是东方的匈奴人。

我在这里说这话是什么意思呢?

我是想说，如果人类的历史以三百万年计，那么，它的隔绝史是二百九十九万六千五百年，它的沟通史是三千五百年。因为当人类跃上马背，用马或骆驼作为代步工具时，人类才有可能做跨越洲际的旅行。

在人类漫长的黑暗的隔绝史面前，人类的沟通史简短到甚至可以忽略不计。

所以，东方文明和西方文明是两个完全不同的文明，是两种在各自的蛋壳里孕育和发展而成的文明。这两个文明板块从一开始就不是一回事。

上面我说的是中国在世界上的地理位置。

下面我再谈谈中国本土地理中的农耕线和游牧线。

中国的农耕线和游牧线

伟大的北京，建城八百零二年。它是女真人建的，或者换言之是说是满族人建的。女真金国建城后，称它金中都，后来成吉思汗占领后，称它元大都。成吉思汗登上元大都的城墙，俯瞰辽阔的华北大平原，慨然说，这么好的地方，让它长草，做蒙古人的草场。于是庄稼被割倒，牧草繁盛地生长起来。

这些年来，我在中国地面风一样地行走。后来发现，我其实是沿农耕线和游牧线的交汇地带行走着的，我在走一个圆。

北京，再过来是大同。大同是北魏拓跋氏建都的地方——

代州、代国、代来城。再往下走是太原——古并州，安置匈奴的地方，有着胡羯之血的李唐王朝的老家。再往下走是包头——古九原郡。再往下走是延安榆林。“可怜无定河边骨，犹是春闺梦里人。”再往下走是天水、平凉、古凉州，再往下走是固原，再往下走是西夏王李继迁、李德明、李元昊建立的银川城。然后，内蒙古高原，白山黑水。

这一个个城市像一个个的地理坐标和历史坐标。它们构成了农耕线与游牧线的交汇坐标。一部中国史书，许多的历史事件在其间发生。用台湾诗人席慕蓉在《长城谣》中的话说：“尽管城上城下争战了一部历史，尽管夺了焉支又还了焉支。”

农耕文明与游牧文明冲突交融的文明史

站在长城线外，向中原大地瞭望，你会发觉，史学家们为我们所津津乐道的二十四史观点，在这里轰然倒地。从这个角度看，中华五千年文明史，是以另外的一种形态存在着的。这就是，每当以农耕文化为主体的中华文明走到十字路口，难以为继时，游牧民族的嗒嗒马蹄便越过长城线，呼啸而来，从而给停滞的文明以新的胡羯之血。

传统的解释中，两千多年的主流话语中，是这样来判断事状、设置地理坐标、框定历史流程的，即，首先框定农耕文明、定居文明的地理中心，这个中心就是皇城。它大部分时间是在长安，然后在洛阳、在汴梁、在南京、在杭州、在北京。皇城在中间，皇城之外，便是广大的农耕文明定居文明地面。这些地面之外，是长城线，长城线外，是南蛮、北戎、东夷、西狄，是“非我族类，其心必异”。

这对游牧民族是不公允的，它是不符合大中华概念的。按照司马迁的说法，按照于右任的说法，这些游牧民族同样是华夏民族。黄帝有四个老婆，四个老婆生了许多儿子，接着又有了许多的孙子，于是黄帝驾龙升天前，册封天下，将世界分成了七十多个国家，然后每个儿孙一个，让他们去管理。这些国家或在罡风凛冽的大漠荒原，或在温柔富贵的江南水乡。天长日久，他们的习性、相貌、服饰，便每每各异，形成我们眼下所看到的情况。

有一种奇怪的现象。匈奴末代大单于、伟大的世界征服者阿提拉，将他建在匈牙利布达佩斯的大帝国，取名叫“大汉国”。与此同时，开始五胡十六国之乱的，居住在中国腹地山西离石的匈奴将军刘渊，将他的政权叫作“汉国”。北魏拓跋氏政权取名“魏”，大夏赫连勃勃政权取名“大夏”，西夏李继迁、李德明、李元昊政权取名“夏”。他们认为自己是轩辕黄帝的后裔，在他们的心灵深处，有一种强烈的认祖归宗情绪。

多么好，靠两条腿走路，中华文明古国一步三踉跄，摇摇晃晃地从远古走到今天。这大约就是世界其余三个文明古国都消失在了路途，而中华文明古国一直延续到今天的奥秘所在。

一言以蔽之，一部中华五千年的文明史，是农耕文明与游牧文明相与冲突、相互交融从而形成的文明史。

有学者认为，秦是一个从西域过来的游牧民族。它先在甘肃礼县地面定居，建立国家，然后向东发展，进入关中平原，先建都在临潼栎阳镇，再建都咸阳，最后定都长安。蒙古族学者孟驰北老先生甚至认为，楚文化中亦有强烈的游牧文化色彩，罡烈的楚风的内在奥秘是，一支游牧民族顺汉江而下，直达楚地。

中华传统文明的基础的完成和成熟，即儒、释、道三教合流的国家宗教，是在魏晋南北朝时期，由定都在山西大同的一个游牧民族拓跋氏北魏政权主要完成的。现今中国地面的三大石窟，云冈石窟、龙门石窟、敦煌莫高窟，就是在北魏时期奠定了它的主体工程的。

而李唐王朝身上本自就有“胡羯之血”。“胡羯之血”是陈寅恪老先生的话。在中国“胡”是对一切游牧民族的泛称，当然，有时又是专指，比如“东胡”。学者们认为李渊、李世民的身上有鲜卑的血液，我完全同意这个话。不过我想提醒各位的是，从汉光武帝开始，中央政权实行了一个“内附”政策。李世民的家乡并州（今太原），刘渊起事的离石，还有旷野中的城市大同，当时正是为匈奴人设的郡府。至元，世界的伟大征服者、一代天骄成吉思汗，至清，雄才大略的努尔哈赤，则是建立了纯粹的游牧民族政权。

游牧民族在中华文明史上刻上了深深的足迹，这是确凿的事实，中华文明史中有一半的胡羯之血，这亦是确凿的事实。我们是现代人，我们是文明人。当我们站在历史之巅，瞻望来路时，不管愿意不愿意，你只有承认，是农耕文明和游牧文明双重力量，支撑起了中华文明的大厦。

混　血

按照人种学家为我们提供的说法，中国长江以南的人是马来人种，中国长江以北的人种是蒙古人种。当然一个种族的链条，从三百万年前走到今天，它早已混血，更何况许多的古游牧民族早已消失在历史的路途上了，我们有理由相信，他们的血液如今在现代人，在你我他身上奔流着。马克思说，民族交融是历史进步的一种动力。

冒顿大帝和独耳黑狼传说

匈奴人早在公元前9世纪时，即见诸中国的史书。而在公元前3世纪时，赵武灵王北出雁门关，开始了定居文明与游牧文明的第一次战争，赵取胜，他的战利品是占领了今天的大同，并且从匈奴人那里学会了胡服骑射。后来在匈奴民族的历史上，出现过一位强悍的大单于，他叫冒顿，据说他的母亲梦见一只黑狼闯入牙帐，然后怀孕，于是他以独耳黑狼做他的令旗。女萨满跪在大地上说，赐一位英雄给匈奴草原吧，上苍！于是冒顿诞生了。我们能想见他骑着马，挥舞着猎猎狼旗，马背上挂一个用大月氏王的骷髅做成的酒具，在西域地面风一样地奔走的形象。他曾给汉高祖下过一个文书，这就是著名的"冒顿文书"。他在文书中说，西域十六国已尽归匈奴，提出要与大汉分疆而治的要求。他还曾经领兵将汉高祖包围在今天山西大同的白登山。汉军已经大败，剩下几百人龟缩在白登山，束手待毙，这时幸亏有宰相陈平，买通了冒顿的夫人，刘邦才得以逃脱。就是这个冒顿，还曾领兵进逼到长安城附近，当部下问他，匈奴人的疆界到哪里为止时，冒顿说，凡是匈奴人的牛羊吃草的地方，那里就是匈奴人的领地。

从冒顿文书中，汉王室首次知道了西域尚有如此广阔的地面和众多的小国，于是派一个叫张骞的陕西汉中人去探个究竟。这就是中国历史上的张骞凿空西域，或者说伟大丝绸之路的开始。

昭君出塞与南北匈奴的分裂

公元前 45 年左右的时候，匈奴人分裂为两个大的部落。一个部落以今天的包头（当时叫九原郡）为中心，史称南匈奴，匈奴王是呼韩邪。另一个部落当在今天蒙古国的鄂尔浑河流域一带，史称北匈奴或西匈奴，匈奴王是郅支。两个单于都想统一匈奴草原，这样便每有战争发生。呼韩邪大约是一个有心计的人，他曾两次前往长安城求亲。这样，便有了后宫美人王昭君的出塞。

昭君美人这一天正在后宫闷坐，听得未央宫外马蹄嘚嘚胡笳声声，于是惨然一笑说：迎接我的人来了。于是起身走出门外，主动请缨，要求下嫁匈奴。昭君是一位绝色的湖北女子，倾国倾城，入宫已经很久了，却还没有得到汉元帝的宠幸。这其中有一个原因。后宫中的美人实在是太多，汉元帝让宫廷画师毛延寿将她们画成画像，供他每晚挑选。王昭君自恃美貌，不愿贿赂画师，因此毛延寿将她画成了一个丑女。听说这个叫王嫱的丑女愿意下嫁匈奴，也算资源利用，汉元帝也就乐得送呼韩邪单于一个人情，于是他给昭君封了一个名分，让她远去。待面见了昭君，汉元帝见竟是这样一个绝色美人，有些悔意。但是话既然已经出口，也就不好更改了。待迎亲的车马一走，元帝问清缘由，便将画师毛延寿杀了。

昭君从子午岭山脊的秦直道，横穿陕北高原，渡黄河，抵九原郡。先嫁呼韩邪单于，呼死后，再嫁他的继位者，接着，又嫁他的继位者的继位者。这就是“昭君三嫁”的故事。

昭君出塞，这样，南匈奴从理论上讲便成为汉王朝的附属国。汉王朝将郡治设在了九原。失势的北匈奴则割袍断义，日渐远离定居文明地区，开始他们悲壮的迁徙。

天之骄子阿提拉大帝的出现以及他建立的大汉国

从郅支之死到阿提拉出世，这中间的几百年时间，对我们来说是混沌不清的。谁也不知道这支匈奴人是怎样穿越险峻的高山和湍急的河流，完成这一场跨越洲际的大迁徙的。仅就河流而论，他们穿越了乌浒河、药杀水，穿越了伏尔加河、涅瓦河、第聂伯河，穿越了多瑙河、莱茵河。他们穿越的路程较之《圣经·出埃及记》中的以色列人，要漫长上许多倍。他们是如何穿越的，多少人死在了路途，又有多少人在路途上出生，这一股洪水裹挟了多少人，他们又将多少人留在了途经的地方，这些都是谜。土耳其的史书、俄罗斯的史书、阿拉伯的史书、西方人的史书，曾经零星地记载过这些伟大迁徙者的蛛丝马迹。换言之，这些史书只是在记载他们自己民族的故事时，由于这些草原来客的出现，楔入了他们的文明板块，于是才给一些零星的笔墨的。

北匈奴人曾在黑海和里海勾留过相当一段时间，后来由于这里的盐碱、干旱和极为恶劣的气候，才不得不拔起营帐，向更湿润的西方继续走。匈牙利民族诗人裴多菲在他的民族史诗中吟唱道：我的光荣的祖先啊，你们如何在那遥远的年代里，从东方，从黑海和里海，迁徙到水草丰美的多瑙河边，建立起我们的公国。

每天那像橘红色大车轮子一样停驻在西地平线上的落日，一定给过这些草原子民许多的想象。当疲惫的马蹄和吱呀的车轮向前行驶时，他们并没有目的地。目的地只是远处的水草。逐水草而居是这些草原子民的生存法则。他们就这样一段一段地撵，一直走了这遥远的路。是夜，迁徙者围成一个圆，圆心生起篝火，妇孺们留在核心，强壮的士兵则枕戈待旦，一直到天明。

公元 374 年的时候，匈奴人这一支洪流，缠裹着欧亚大平原几乎所有的游牧民族，突然出现在多瑙河畔。

独眼的女萨满站在喀尔巴阡山上，向上苍祷告。她说：赐一位英雄给匈奴草原吧！我们将服从他和敬畏他，并尊称他为“天之骄子”！在女萨满的祷告声中，世界的伟大征服者阿提拉诞生了。

大单于阿提拉出现在多瑙河左右岸。他中等身材，粗鲁扁平的头，强壮的身体，短腿带一些罗圈，鼻子有些塌，眼珠深陷。看见过他的人说，当他站在地面上的时候，他是凡人，而当他跨上那匹鞍上挂着骷髅酒具的马，挥舞着独耳黑狼令旗时，他显得高大和令人恐惧。他们还说，当他的目光越过多瑙河蓝色的波浪，专注地注视着丰饶的欧罗巴大陆时，从山洞一样深陷的眼眶里射出尖锐的目光，能把最远的东西收入视线中。

他们还说，阿提拉在征服欧洲，并把欧罗巴变成一片废墟的时候，采取的是群狼战术。你见过一群饥渴难忍的草原狼扑向一头狮子时的情景吗？阿提拉率领他草原上的兄弟们，扑向欧罗巴一座一座城郭时，采取的正是这种战术。

阿提拉是怎样死的，这成为一个永远的谜。在东欧平原上，有一种鸟叫鸩鸟，鸟的羽毛有剧毒，据说阿提拉就死于这种羽毛浸泡过的毒酒。阿提拉被葬在多瑙河畔。士兵们从喀尔巴阡山上搬来许多的石块，为它筑起一个山一样高大的敖包。一个石块表示他生前杀死的一个敌人的头颅。这是对一个骑士最高的赞誉。

消失在历史迷宫中的最为悲惨的背影

一个喧嚣于历史进程中的伟大游牧民族，一个曾深深撼动东方文明板块根基和西方文明板块根基的民族，就这样消失在历史迷宫中，进程的路途上。由于匈奴人没有文字，所以，他们的消失是彻底的消失，一点痕迹都没有留下来。

中国的史书只记载到北匈奴郅支大单于公元前 36 年在中亚地面的巴尔喀什湖为汉王朝北庭都护府副校尉陈汤所杀的事情，然后就此封笔。

他们后来的经历，你得在土耳其的史书、伊朗的史书、俄罗斯的史书、匈牙利的史书、英国的史书、法国的史书中去寻找。但这些史书并不是专为这些亚洲过客而记，他们只是在描绘自己这个文明板块时，只言片字，谈到一个亚洲高原过来的牧羊人部落擦肩而过的情景。

赫连勃勃为南匈奴画上了句号

当北匈奴在遥远的多瑙河畔，像历史的潜流河一样从地面上消失时，留在原居住地的南匈奴，也在同一刻消失。

前面我们说，中国历史上一个最为混乱、最为黑暗的时期，五胡十六国时代，就是从被中央政权以“内附”政策安置在山西离石的匈奴左部帅刘渊开始的。刘渊亦把他的政权叫“汉”，正如阿提拉把他的政权叫“汉”一样。

汤因比在《人类与大地母亲》一书中，曾经这样说：那些被安抚和安置的，留在原居住地的匈奴人，沉寂了没有多久，便又开始了叛乱，以实现他们世世代代对定居文明的占领梦想。

而匈奴人在中国地面的最后退出历史舞台，是以一个叫赫连勃勃的人为标志的。他是匈奴贵族，照他自己的说法，还是出塞美人王昭君的直系后裔，史学家们为他查家谱，说他是匈奴铁弗部。

他从九原郡，或者换言之，包头方向而来，然后在陕北的靖边——鄂尔多斯高原与陕北高原接壤处，建立了最后一个匈奴政权——大夏国。他历经六年，在这旷野上修筑起一座豪华都城“统万城”，取“一统天下，君临万邦”之意。他先后占领了延安、长安，遂把这些地方作为他的陪都小统万城。

赫连勃勃大夏国后来为北魏拓跋焘所灭。

大夏国建国的时间是公元 407 年，灭亡的时间是公元 431 年。这里我们想起，远在地球另一翼的匈奴大汉国如果是以阿提拉之死为终结标志的话，时间是公元 453 年。

你看，南匈奴是 431 年，北匈奴是 453 年，几乎是同一刻终止了他们悲壮的身影，退出人类进程的舞台，然后便茫茫然不知其所终。

至此，人类历史上一个强悍的、震动了东西方世界基础的马背民族，退出了历史的舞台。他们那驰骋的身影，那猎猎狼旗，那女萨满的祷告声，也只作为人们的记忆留存。自然，他们那沸腾的血液，还在今天的一些人类族群中流淌着，但这与“匈奴”这个称谓已经没有丝毫关系了。

统万城，唐代的诗人叫它“赫连城”，当地的老百姓则叫它

“白城子”。作为匈奴人留在大地上唯一的都城，唯一的历史遗存，目前，中国国家文物局正委托靖边县政府，向联合国教科文组织申报其为世界非物质文化遗产。

不羁的心

我们目光如炬，展望来路，完成了一次对匈奴民族的追溯，或曰猜测。这一切是在掌握现有资料的状况下做出的，因此它具有一定的真实性。但是它的真实性到底有多大呢？《金枝》的作者，英国作家弗雷泽说：“以今天人类的思维方式，来推测那些遥远年代的事情，也许距离真实很近，也许是谬之万里！”他的话是有道理的。但是，我们真是太想知道了，如果我们不去推测，又能怎么办呢？

当一个马背民族从马上走下去，开始农耕劳作，开始与平庸的地形地貌为伍时，他的不羁的血并没有安静，一旦那“双桅贼船的桅杆在那遥远的海平线上出现的时候，他便狂喜地不顾一切向它奔去，什么也不能使它回头”。（莱蒙托夫语）将这话用给那些匍匐在地面上的昨日的骑士，不可谓不恰当。

这就是为什么我如此醉心、如此钟情于这个泯灭了的游牧民族的原因。

结束语

这个以农耕文明为主，其间掺杂着另一半，即胡羯之血的东方文明板块，正在迈着左右腿，走着它的稳健的步伐。我们为中华民族祝福，我们为生生不息的所有的华夏子民们祝福。中华文明的核心是大包容、大和谐。英国人类学家汤因比说：这个经过数千年时间考验，至今仍郁郁葱葱的中华文明，他们所从事的事业，不仅对于他们自己的国家，而且对处于深浅莫测的人类历史来说，都是一项伟业。

（此文系凤凰卫视《世纪大讲堂》演讲稿）

白房子，一个冬天的童话

1975 年的冬天，是一个多雪的冬天。从 10 月份开始，阿勒泰草原一个礼拜吼一场大雪。雪将戈壁滩严严实实地封住，积雪最深的地方深达两米。巡逻时，一不小心，连人带马就栽到雪坑里去了。位于中苏边界那被牧人称为白房子，军用地图上称作额尔齐斯河北湾边防站的地方，成了一个与世隔绝的孤岛。

一个放晴的中午，前面有兵团“斯大林一百号”推土机开道，边防站来了一辆军用吉普车。车上走下来一位老军人。老军人个头不高，大约有一米六二，但是很雄壮，或者用陕西话说很“魁”。他两手总插在上衣口袋里，走起路来迈着标准方步，胸膛前挺，一步迈出七十五公分。他和我见过的别的老军人不同的地方是，上衣的上口袋别着两支笔，一支钢笔，一支圆珠笔。老军人叫那狄，时任新疆军区北疆军区政治部主任。

他是老延安，大约是 1946 年到延安的，是满族人。大约做过总政文化部电影局局长，后来因受罗瑞卿案牵连调到新疆。这次他是到边防一线搞调研。那主任在边防站住下以后，原来的日程是两三天后就走，想不到，天空又飘起了鹅毛大雪，因此那主任一行只好住下来，一住就是十五天。我从事文学，或者说，我将自己的一生，与这件被称为“文学”可诅咒的莫名其妙事情捆绑在一起，是因为那主任的这一次行程，或者说因为导致那主任滞留白房子的这一场大雪。

我是1972年12月14日在家乡临潼县何寨公社东高村穿上军装的。17号到西安火车站集中，一群三百多名关中平原上的农家子弟，被装在一列刚拉过马匹的铁闷子火车上，冒着珍宝岛和铁列克提的硝烟，开往中苏中蒙边界。这批陕西兵在乌鲁木齐改乘汽车时，被分为两拨，一拨前往中蒙边界，一拨前往中苏边界。我去的是中苏边界。那路途上所受的折磨，现在想起来还叫人害怕。我途中感冒了，使劲地呕吐，肠肠肚肚好像要吐出来了。一排三十六个人，都坐在一辆卡车上，坐成四排，屁股底下坐着背包。大家面对面坐着，穿着臃肿的皮大衣，脚下毡筒，膝盖与膝盖，严严实实地交错叠在一起。这时我要吐了，眼看就要喷到对面人的脸上去。这时我急中生智，从手上脱了皮手套下来，将它吐在手套里。秽物吐到手套里后，很快结成冰疙瘩。一天坐车下来，到了兵站，我做的第一件事情是将手套放到火墙上去消冰。冰疙瘩消了，再将秽物倒出来，这手套明天还要继续往里吐。记得路过奎屯，在乌尔禾，在克拉玛依，在布尔津，几乎路途的每一个兵站里，我都做过这样的事情。

这样来到中苏边界，在漆黑的大雪飘飘的夜晚，顶着界河对面的照明弹、曳光弹、穿甲弹、信号弹的各种光亮来到白房子。那里大致位置是附近有个喀纳斯湖，大家都知道。那里是我们一连，叫白哈巴边防站；沿着边防线，下来是二连，扎木拉斯边防站；下来就是三连，我的边防站；下来是四连，克孜乌雍克边防站；下来是五连，阿赫吐拜克边防站。

那主任来到边防站时，我已经在这个充满凶险、与世隔绝的边防要塞，当兵快三年了。三年中我写了不少的诗，在纸片上写，在本子上写。大约一种罗曼蒂克的情绪突然钻入我脑子里，促使我写下这些东西。“额尔齐斯河滚滚流向北冰洋，岸边有一座中国边防军的营房”，就是我给边防站办的国庆节墙报上写的诗。那时国内有两家公开刊物，一家是上海的《朝霞》，一家是北京的《解放军文艺》。连队订有《解放军文艺》，只要能找到，我就去看。在这五年中，我只看过一本小说，是苏联的，名叫《多雪的冬天》，是我从开巡逻车的司机的驾驶室里找到的。

说到那主任发现我在写作的故事，那情形好像就是一个冬天里的童话。

天很冷，阿勒泰是中国最冷的地方。那天夜里，我上的是第一班哨。第一班哨是从十一点半到十二点半。我那时已经是班长了。班长背的是冲锋枪，上完哨，回到房间，我先将已经冻得僵硬的枪，靠在火墙上去暖。这样，枪的铁质部分会慢慢变暖，不时有水珠子渗出。等水珠儿渗完了，才能用干布子去擦，最后再用擦枪布去擦。这事必须得做，否则，枪会生锈的，锈迹斑斑，子弹就打不出去了。

将枪靠在火墙上以后，我拧亮煤油灯，开始填《瞭望登记簿》，那上面往往会有“三号口有苏军潜伏哨两名”，“苏松土带一侧有装甲车驶过”等字样。这些填完，再填上“哨兵高建群”。填完《瞭望登记簿》，那枪还在火墙上消着，等到消透，还得一段时间，于是我就着那盏油灯，开始在一个小本上写诗。现在仍记得那天晚上写的那首小诗，诗名叫《给妈妈》。

巡逻队夜驻小小的山冈，
晚霞给他们披一身橘黄。
远方的妈妈，如果你想念儿子，
请踮起脚尖向这里眺望——
那一朵最美最亮的云霞，
是巡逻兵刚刚燃起的火光！

巡逻队行进在黎明的草原，
草原像一只偌大的花篮。
远方的妈妈，如果你想念儿子，
请……

很明显，这个面色黝黑、愁容满面，因为骑马巡逻而磕掉一颗门牙的士兵，是在想家了。遥想渭河畔那个小村子，想他的母亲，想他的年迈的婆和爷。本来他是想用这一段时间来写一封家信报平安的，结果写成一首诗。正当我在巴掌大的小本上埋头写诗时，门开了，走进来两个军人。一个是那副主任，另一个是那主任带来的干事，陕西人，叫侯堪虎，我们叫他“侯干事”。干部查哨、查铺，这是一项传统，是最正常不过的事情。那主任一行没有睡觉，这时是凌晨一点，查完铺后才去睡觉。

那主任问我在小本上写什么。我说胡乱写，枪还是在火墙上靠着，等着消冰，这段时间就没有事，可以在小本子上胡乱画。

那主任说他要看这个小本，看我在上面写什么。我拼命地用手捂着，把这小本死死按在桌子上，不让他看。我有些害羞，那些最初写作者，当将作品拿出来示人时，大约就像我这满脸窘态。那主任已经伸出手来，抓到了笔记本的边沿，但我仍把本子压得更紧，坚持不让他看。我说，这本写得太潦草，等我明天将它誊写清楚，再给那主任看。谁知他说他是政工干部出身，越潦草的字，他就越能认得。侯干事赶过来给他帮忙，抢走我手中的那个本子。

原来那主任是起了疑心，不知道我在那个小本上写什么。原来那主任此行，是来搞调查的。与白房子毗邻的吉木乃边防站，连续三年跑过去三个士兵，其中有一个叫尤胜金，在莫斯科郊外的克格勃训练营被训练成特务。后来的两伊战争中，有个乔装成阿拉伯人的著名国际特工，名叫“沙漠之狐”，那就是他。1991 年，他在偷越我国国境刺探情报时，被我方战士在边境线上击毙。——但是据最新的说法，他并没有死。前几年新疆开乌洽会，他还来过，身份是俄国商人。是当年边防站的指导员告诉我的。他说有关方面请他去辨认，他隔着玻璃窗，一眼就认出了他。

话说在白房子暴风雪呼啸的夜晚，三班的营房里，就着这如豆的灯光，双方为写诗的小本争执了好一阵子。争执的结果大家可想而知。这个懦弱的面色黝黑的小兵，乖乖地将手掌大的笔记本交出来。那主任接过笔记本，戴上老花镜，就着灯光开始看起来，越看面色越严峻凝重，呼吸越急促。他大约想不到会是这么一个结局，大约想不到在这样荒凉的、险恶的中苏边界一个小小边防站里，在这古尔班通古特大沙漠的北部边沿，竟然有一簇文学冲动，有一个不起眼儿的小兵在从事写作，或者用大家现在说的话说，在“搞文学”。

那主任看完了小本。他过来拥抱我。他的眼睛有些潮湿。他随手将小本交给侯干事，让侯干事用正规的稿纸将这些诗作誊清，然后寄往解放军文艺社。他对我说：《解放军文艺》的人我都认识，我原先是他们的领导。诗歌散文组组长叫李瑛，编辑有韩瑞亭、纪鹏、雷抒雁，等等。我写一封推荐信给他们，告诉他们今天晚上发生的事情，告诉他们我此刻的感受。这就是那个冬天发生的故事。过去了四十余年，却栩栩如同昨日。那主任拿着我的那个小本走了。我开始擦枪，擦完枪以后，上到铺上去睡觉。那是班长睡的头铺。别人早在呼呼大睡，我睡在床上，用两只手抱着两个冰凉的膝盖，才慢慢地睡着了。

几天以后雪停了，那主任一行离开，仍然是兵团“斯大林一百号”开道，把雪压实，吉普车跟在后面。第二年，也就是1976年8月号的《解放军文艺》上，刊登了我那小本上三首诗，标题叫《组诗：边防线上》，署名是“战士高建群”。里面有《给妈妈》那首，另两首是《装蹄员的心》和《边境线上的小河》。而我接到杂志，已经是10月初的事情了。那年的9月9号，发生了一件大事，就是领袖毛泽东的去世。那天我带领我们班种菜。一个合阳兵，是个马倌，他骑马跑来报告说，赶快回边防站，钻地道，准备打仗，毛主席“老”了。

这样，我们全站人员剃成光头，穿着皮大衣，钻进戈壁滩上原先挖好的水泥工事里。几件换洗的衣服，一点零用钱，包成一个包裹，放进营房的储藏室。包裹上写下了家乡地址和自己的姓名。一旦你阵亡，这包裹将由别人代你寄走。记得给领袖开追悼会的那天，下着大雨。全边防站的人，一个挨一个，顺着地道站了一里多长。一个小发电机在发电，隔一段有一个电灯泡。收音机里播放着哀乐。这时炊事员进来送饭，穿着往下滴水的雨衣，说外面正在下雨。

我接到杂志大约在 10 月初。人还在地道里。炊事员进来说，兵团的邮递员骑着马，站在围墙外面喊着我名字。我走出地道，翻过沙包子，接过邮递员从绿色邮包里拿出的两捆杂志。除了杂志，还装着几沓稿纸和一个解放军文艺社的采访本。那两捆杂志不知道经过多少人的手寄到这遥远的边防站，原先的包装全磨光了，路途中又包装过，又用绳子捆过。

这就是我的文学作品第一次变成铅字的经过。人们说这叫“处女作”。这个意外发表鼓励了我，或者说蛊惑了我。自那以后，我就一直傻乎乎地热爱文学，从事写作，直到现在。那主任回去后，还给我寄来了一些书。这些书是别人送给他，他又寄给我的，因为上面有作者的题签。这些书有李瑛的《红花满山》，纪鹏的《荔枝园里》，兵团李幼蓉、杨牧、章德益等合出的《军垦战歌》，还有一位维吾尔族作家写的长篇《克孜勒山下》。后来我回到地方以后，还将我新发表的作品寄给那主任汇报，并且接到过他的回信。据说，他后来担任新疆军区政治部副主任、主任，被授予中将军衔。现在他可能已经过世，关于他后来的事我是听新疆回来的战友说的。

我是 1977 年的 4 月 10 日离开边防站，坐着大卡车，从额尔齐斯河的冰层上回到哈巴河县城，然后返回家乡的。1987 年，我写出那部著名的小说《遥远的白房子》，作为我对那段军旅生活的纪念，作为我对领我走上文学道路的尊敬的那狄主任的一份回报。

我待过的那个边防站，全称叫额尔齐斯河北湾边防站。当地牧民叫它“白房子边防站”，这是清朝以及国民党统治时期的叫法。边防站辖区内一块 55.5 平方公里的有争议地区。由于一直由我方控制，所以，在后来中苏、中哈重新勘界、栽桩中，它划归我方，成为不再有争议的中国领土。

那条叫作额尔齐斯河的注入北冰洋的河流，那座横亘在中亚细亚地面的阿尔泰山，那块干草原，那座白房子。它是如此深地揳入我的生命之中，每次想起它都会给我带来一种病态的深深的忧郁。白房子是我的梦魇之乡，我的永远的噩梦，我的十字架。许多年来，我像蜗牛一样背负着我的十字架，走着我的蹒跚的人生。因为它，我才成为现在的我，独特的我。

事情但凡做到八分，就叫圆满

在三十集电视连续剧《盘龙卧虎高山顶》的开机仪式上，央视制片人李功达先生说，如果不把高老师的《最后一个匈奴》这部中国文学的红色经典变成一部电视连续剧，那是中国电视人的羞愧，是我们中央电视台的失职。杨作新的扮演者潘粤明、黑白氏的扮演者刘涛在开机仪式上发言说，央视有信心把它打造成中国电视剧创作的一部代表作，他们则有决心把它打造成自己个人的一部代表作。

他们做到了，完完全全地做到了。我在看了样片以后，给李功达先生打电话说，我看了前五集，流了四次泪，我经常说长篇小说要“宏大叙事”，什么叫宏大叙事，这就叫宏大叙事。我还向演员们致敬！我看到一群表演天才在演绎人物，这些人物比我小说中的人物更鲜明、更具有戏剧张力，他们将小说中的戏剧因素挖掘出来，像吹气球一样无限放大。记得拍摄期间，我曾经三次前往陕北去“探班”，地冻天寒，山沟里钻着一群傻乎乎的人，面色呆滞，目光狼狈，像回到过去年代。我记得，只有当年(1979 年冬天或 1980 年春天)拍《黄土地》时，我才有过这种感觉。根据小说改编的三十集电视连续剧《盘龙卧虎高山顶》，先在央视八套黄金剧场首播，连播三次，接着在黑龙江卫视地方台首播，继而在各地方台播出。

我对陕西省的广电局长说，文学必须向影视“就范”，向网络“就范”。我说，我的母亲不识字，我都写了三十本书了，母亲一个字也没有看过，但是当小说变成电视剧以后，她每天晚上都看，脸上洋溢着幸福，上卫生间也是一路小跑。八十岁的她，每年开春，每年入冬，都要住两次院，可是 2011 年的春天，因为忙着看电视剧，连生病都忘了。不过电视剧有一个遗憾，就是名字不如叫《最后一个匈奴》那么响亮。世界上的事情，总不能尽善尽美，能够播出，能够产生影响，这就算不错了。世界上的事情，但凡能做到八分，就叫圆满了。

随后，我的另一部重要著作《大平原》，也被改编成四十集电视剧。运作者基本上还是那个团队，即央视电视剧制作中心的李功达先生出任制片人，不过，投资方变了。《盘》剧给投资方带来了丰厚的回报，正如以前小说给出版社带来丰厚的回报一样。但愿《大平原》的拍摄也能做到如此。因为我的劳动而给别人带来收获，给社会创造财富，这总是一件叫人高兴让人体面的事。一部小说，一旦变成铅字，便有了它自己的命运。作为原作者，他唯一适合做的事情就是三缄其口，作壁上观。让它去经历吧。包括小说的经历，也包括这部电视剧的经历。在这里，我就是以一个局外人、一个旁观者的角色向剧组献上敬意。这个敬意还献给当代最好的小说家之一、本剧编剧葛水平女士，还献给尊敬的导演延艺先生、梁彤女士。

2011 年，我还完成了一件重要的事情，即给匈奴民族的唯一都城、匈奴民族在行将消亡前发出最后一声绝唱的地方——陕北高原的统万城，写了一个电影文学剧本。历史上的匈奴民族，有着太多的故事可以提起。南匈奴的赫连勃勃建立了统万城，而与他同时代的北匈奴人阿提拉大帝差点攻陷罗马城，改写西方文明历史。当英雄美人走过，这是多么的辉煌，在电影剧本中，透过女萨满的眼睛将南北匈奴的故事连接，穿越时空写了赫连勃勃，也写了伟大的阿提拉大帝。然而就是这样一个在历史上声名赫赫的民族，却随着赫连勃勃和阿提拉大帝的离世，淡出了历史的舞台。我们应该以宽容之心，来看待所有民族为自己的生存而进行的斗争，来定语笔下的匈奴民族。

我原来想把这部电影叫《统万城》，导演则将它定名叫《最后的匈奴王》。这部电影是大制作，类似于《亚瑟王》《特洛伊：木马屠城》那样的大片。电影将来拟请联合国秘书长题写片名，通过联合国教科文组织向全世界发行。电影的拍摄，除了艺术的目的之外，它还有一个功利的目的，即能对统万城申请世界非物质文化遗产一事有所帮助。也许，那也是我的文学生涯的又一件重要作品，一件东方与西方沟通和对话的作品。

我说过，“匈奴”这个话题，是全人类的一根大筋，一抽动它，东方的和西方的每个人，都会痉挛起来。匈奴民族因为消失而存在，那血脉在如今不同国家、不同肤色、不同种族的人们的血管里，继续澎湃着。我决定将长篇小说的名字叫成《统万城》。我要调动我的所有积累、所有激情、所有艺术才能写好它。我那年五十八岁，当年还以为写完这本书，也许是我向长篇小说这种艺术形式做最后一次致敬了！在生日那天，我把自己关在工作室里，画了一天画。一边绘画一边思考，我给自己定了个“步入晚年三原则”。这三原则是：第一，到退休年龄就退休，绝不拖泥带水；第二，绝不欺行霸市，永远低调做人；第三，抓住剩余的人生，再写点好小说再画点好画。

在写完《大平原》之后，就一直有不少媒体说这将是我的封笔之作。好在几年后，我又写完并出版了长篇小说《统万城》，那本被著名评论家李星先生谬赞为堪称史诗之作的小说，我个人也突破了以前的封笔说法。我在北京时，接受亚马逊网采访，问到以前的封笔问题，我回答说：演员在谢幕之后，如果观众的掌声热烈，会把他重新召唤回舞台。

而我在去年又拿起笔来，再写一本重要的书，写世界各文明板块的发生和发展以及流变，写世界三大宗教的发生和发展以及流变，写儒、释、道三教合流的中华文明的国家宗教的发生和发展以及流变。要用小说的形式来写。小说的名字我第一次在这里披露吧，叫作《我的菩提树》——汉传佛教落地生根，菩提树下众生欢宴。

一部东方文明板块的发生史和流变史

大约两年前，一位活着的最有智慧的人叫霍金，英国天体物理学家，他说了一句惊人之语，这句话在坊间引起了一场大喧哗。这句话就是“哲学已死，你知道吗？”霍金这个句式，是学将近两百年前德国的一个哲学家、诗人尼采的。尼采在他的那个时代说过一句重要的话，惊人之语，叫“上帝已死，你知道吗？”此话一出，也引起一场大喧哗。而尼采的这个句式是跟谁学的呢？是跟老子学的。距现在两千五百三十年的时候，有一个中国的先贤叫老子，他在与孔子伟大相遇的时候说了同样的话，叫“周礼已死，你知道吗？”——我前面的序言是空穴来风，和讲的内容没有太大的关系。现在我们开始正式进入这一个半小时的共享与互动。

我们在这一个半小时之内要完成一件什么事情呢？要完成一次向中华五千年文明史的庄严巡礼与崇高致敬。我们要在这一个半小时中，共同思考这么一个问题，这问题就是，我们是谁？我们是从哪里来的？我们又要到哪里去？我们为什么是现在这个模样？在我们之前这个世界上都发生过哪些重要的事情，出现过哪些重要的人物？ 产生过哪些重要的智慧？ 且让我从容道来。

两千五百三十年前的时候，东周王朝的都城是洛阳城，当时东周王朝已经进入它最后的阶段了。 这个时候它的宫殿依然巍峨，市井依然繁华，在宫殿的旁边有一户小小的民居，里面住着当时最有智慧的人，他叫李耳，也叫老子。 老子想辞去东周王朝典藏史，然后西行，但是他迟迟没有走。 他为什么没有走呢？ 他在等待一个人的到来，这个人就是孔子。 有一天早晨，门童说门外来了一位先生，穿着白衣服，白色的袍子，头梳得很光。 老子说这个人有什么特征呢？ 门童说这个人很奇怪，他的额头上好像顶着一座丘陵一样，额头很高。 老子一听笑了，说他叫孔丘，因为他的头顶隆起，活像顶着一座东南丘陵，所以他叫孔丘。 我之所以没有离开，就是为了等待他的到来。 这样，就在那个小小的院落里，有了孔子和老子，中国的道教文化的鼻祖和儒家文化的鼻祖的一次相遇。

前面还有个小插曲，老子对门童说，孔丘要见我，你让他把衣服不要穿得那么整洁，头发不要梳得那么光亮。 为什么？ 因为他这一生要干许多的事情，他不断地要被人泼脏水，如果他这么整洁、这么洁身自好，他会受伤的。 孔子听到这话很羞愧，就用洛阳城街道上的土把头发抹了抹，把衣服擦了擦，然后拜见老子。 他们进行过一次著名的谈话，这次谈话被后世津津乐道。 老子说，年轻人，你在忙活些什么呢？ 孔子的回答可以总结为八个字，这八个字现在还在使用着，叫“礼崩乐坏”“人心不古”。 这八个字过了两百年以后，被另外一个伟大的人物就是浪漫主义诗人屈原又续了八个字，叫“谗人高张”“瓦釜雷鸣”，用以形容当时的政治黑暗。此刻，孔子就回答老子说，我有一个伟大的梦想，我要用一生的时间来完成一个愿景，这个愿景叫“克己复礼”。孔子为什么对周礼这么念念不忘呢？原来他认为周礼是从他的国家起源的。这里面有一个渊源，周文王、周武王在沣峪口修了丰镐二京，一个在沣河的西边，一个在沣河的东边。这就是历史上的文王建丰、武王建镐。周武王分封他的功臣，把周公旦分封到山东，在那儿给了一块封地，封地叫鲁，建了一个小的国家叫鲁国。这样周公旦就是鲁国的第一任国君。六个月以后，洛阳城发生贵族叛乱，周公旦受命到洛阳城平息叛乱。这样第二任国君就由他的儿子来担任。周公旦平息完叛乱回京，开始受周武王的委托修周制、周仪、周礼、周乐。所以孔子认为周礼是从鲁国开始的。

老子听了以后，说了那句著名的话，周礼已死，你知道吗？五百年前那些立言者，如今尸骸早已腐烂，假如周公旦活到今天，面对当下，他一定会有一些新的想法的。老子又说，年轻人，我委托你做一件更重要的工作，什么工作呢？我见到你以后，今天下午我就要骑着青牛西出函谷关，甩袖而去了。我为什么没有走？就是在等待你，我委托你一件事情，这是我收集的三千多首上古时期的、中华民族初民时期的民歌，你用你的牛车载它回去，给咱修一本书叫《诗经》。还有，夏王朝的《连山易》和商王朝的《归藏易》，都已经消失在路途了，但是周王朝的《周易》还在我的手里，你把它拿回去修一本书叫《易经》，然后还有《书经》《礼经》《乐经》等，以传后世。说完以后两个人就此揖别了。告别以后孔子就把这些书稿典藏装到他的牛车上，吱吱呀呀拉到山东曲阜。在路上，学生问他，你怎么评价老子？ 孔子说了那么几句话，说我们都是普通人，我们永远匍匐在大地上，拔着头发想上天。 老子和我们不一样，老子是一条龙，他在天上，在云端，腾云驾雾，神龙见首不见尾。

孔子回到曲阜以后把那些书稿收藏起来，他并没有开始编撰书籍，而是继续完成他的政治理想。 用了四十年时间到六十三岁的时候，他才突然明白老子告诉他的才是更重要的事情。 然后他就回到山东曲阜。 他活了七十三岁，六十三岁到七十三岁十年时间他干了两件重要的事情。 第一件，办学，他是中国的第一个平民教育家，有教无类。 第二件，领着他的学生开始编撰六经，为我们中华民族上一个两千五百年留下了一份丰厚的精神遗产，又为下一个两千五百年进行了一次精神的启迪。

孔子的学说和思想，对后世的影响，无人能出其右。 孔子活了七十三岁，孔子的追随者，被称为亚圣的孟子，活了八十四岁。 所以后世的中国人，每到了七十三、八十四这个年龄段，就把这叫坎儿，民间甚至有“七十三、八十四，阎王叫你商量事”或“阎王不叫自己去”的说法。 可见孔孟思想是如此地影响到民间、影响到中国人的潜在意识中。 说来也奇怪，我见过许多人，也确实是这个坎儿上过世的。 例如我的祖父祖母，都是在八十四岁上走的。 而我的母亲明年是八十四岁，所以她早早的就给自己准备了一条红裤带，用来避邪。

老子和孔子相遇后，老子就西出函谷关，留下了大家知道的很多动人的传说。 他骑着青牛，一片紫气东来，到了函谷关以后，函谷关的守将叫尹喜，尹喜把他就扣在那里了。 尹喜说，老先生你有缺点啊。 老子说，像我这么一个完人也有缺点吗？

尹喜说你有缺点，你的缺点叫述而不作，述而不著，就是说你光整天口述，整天卖嘴皮子，但是你没有落实在笔头上、落实在竹简上和布帛上，变成读物和书本，这样今天你活着的时候我们有了困难，有了过不去的门槛，我们可以去请教你，从你那里得到伟大智慧，但是明天一旦你老人家没有了，大行了，国有危难可问谁。所以我要把你扣到这里，把你脑子里的古老智慧给我们一条一条地写出来。听罢这话，老子长叹一声，就留在函谷关，写了《道德经》五千言。

函谷关这个地方在哪里呢？为什么叫关中？四座雄关把这块渭河冲积平原四面围定，东边这是函谷关，西边宝鸡是大散关，南边商洛是牧护关，北边那个关叫萧关。四座雄关把关中平原围定，所以人们说关中平原有四塞之固，就是这个道理。

老子写完《道德经》，然后骑着青牛继续往前走，他要干什么去呢？他要到丰镐二京来凭吊那已经废弃了的都城。在凭吊的时候老百姓就围上来了。老百姓说，老人家，听说你刚写了一本书叫《道德经》，你能不能把它给我们讲一讲。正好旁边有一个小山头，这个小山头在老子没有讲经前它是一个平庸的山头，名不见经传的山头，但是因为老子讲经它成为一个著名的道家的祖庭，这就是楼观台。

讲完《道德经》以后，老子到哪里去了呢，他骑着青牛继续西行。在东晋年代有一本奇书叫《老子化胡经》，这本书说老子穿越河西走廊，穿越塔克拉玛干大沙漠，登上葱岭，然后召唤那边的一位高人、一位先知叫释迦牟尼过来，向他传授佛教主要的核心的内容。就是这么一本书，《老子化胡经》。“化”是教化的意思，“胡”在这里专指释迦牟尼。当然这本书是一本杂书，充斥着无稽之谈，所以这本书出来以后当时受到佛教界强烈的抵制，但是很快佛教界发现这本书的出现对他们有一个极大的好处，在儒教和道教已经把中国控制得密不透风滴水不漏的景况下，一个舶来品、外来的宗教要想进入，必须想个办法。于是佛教在大教东流、落地生根的最初的二百年中，很多时候是以道教之一支的面目出现的。直到后来的玄奘取经回来，在洛阳城见到唐太宗，然后把佛教列为国家宗教之一，这样儒、释、道三教合流，奠定了两千年中国封建时代的文化基础。这是我讲的第一点。

第二点，视野再开阔一点，讲中华文明板块在世界文明板块中的位置。

我们知道，人类的定居文明、城市文明、农耕文明一般认为从两河文明开始，幼发拉底河和底格里斯河，就是现在伊拉克那个地方。一个城市形成的标志，有建筑物，有街道，有下水道，有用作祭祀或聚会的广场，有城墙，外边有广阔的农耕地，有渠道，这就算一个城市了。最初从两河文明开始，然后叙利亚文明、地中海文明、中华文明、古印度文明、古希腊文明、古罗马文明、拉丁美洲的文明、非洲文明。这些文明板块在两千五百年前的时候，即老子、孔子的时代，都进入了成熟期和收获期，每个文明板块都有重要的人物产生。中华文明板块上我们已经知道了，出现了老子、孔子、孟子、庄子，包括屈原等一大批让我们肃然起敬的人物。

那是一个令人目不暇接叹为观止的时代，每个文明板块都在产生着自己的先知和先贤。在地中海文明板块，我这里只举三个人，一个是叫索罗斯，他在波斯帝国那个地方，尼采把索罗斯的理论写了一本书，叫作《查拉斯图拉如是说》，创造了超人哲学。这个超人哲学后来就出现了一个实践者，就是引起二次世界大战的恶魔希特勒。再讲一个人物叫以赛亚，他好像更早一点，在将近两千七百年前就出现了，这个人物是最早的传教士，是上帝意志的传递者，他传的那些话叫以赛亚神谕。头发不整、衣服褴衫，他在地中海沿岸国家，一个村庄一个村庄、一个丘陵一个丘陵地布道。大家说这家伙满嘴胡言，这是一个疯子还是一个先知？后来大家讨厌他了，怎么办？说把这个人杀了去，但是又不敢杀，如果说这真是上帝意志的传递者、传谕者，那我们不是犯下罪了。最后大家想了个办法，找了个空心树，把这个神神叨叨的以赛亚装到树里面去，再找来几个伐木工把这个树锯断。他们不说他们在杀人，他们说我们在进行伐木的工作。后来到了两千年前的时候，耶稣在伯利恒出生，在耶路撒冷基督山蒙难，基督教诞生。基督教在整理他们经典的时候，把以赛亚神谕作为《圣经·旧约全书》的上半部分的主要内容。这是我谈到的在那个文明板块出现的人物。

再谈雅典，当时地中海板块文明程度最高的地方。雅典出现了三位大师。东方的孔子去世十年以后，西方的苏格拉底诞生。苏格拉底和他的学生柏拉图，和柏拉图的学生亚里士多德，奠定了西方古典哲学的基础。雅典他们要评选全城最聪明的人是谁呢？后来评选出来是苏格拉底。记者去采访苏格拉底问他，你为什么比别人聪明？苏格拉底说我之所以比别人聪明，是因为我知道自己无知，所以每时每刻都在学习。后来苏格拉底被判处死刑，被用毒药毒死之前，隔壁牢房里来了一位会唱歌的囚犯。苏格拉底说你歌唱得多好啊，能不能教给我啊？

这个新来的囚犯惊讶地说，你就要死了，你就要被判处死刑了，你学这歌还有什么用？ 苏格拉底说，至少在我活着的时候，我又学到了一首新的歌。 这就是伟大的苏格拉底。 苏格拉底说过一句重要的话，哪一条路更好，唯有神知道。 就是说世界各文明板块都在他们自己的蛋壳中发展着，到底哪一条路更好呢，谁都不知道，只有往前走着才能看出来。 用中国人孔子的话说，就是“过而知之”吧。

为什么我谈到蛋壳呢？ 在丝绸之路没有开通之前，世界各文明板块之间是孤立的，老死不相往来的，是在各自的蛋壳里孕育和发展出来的文明。 为什么不来往呢？ 不是不想来往，而是遥远的地域相隔，道路相隔，河流和高山相隔，在没有骑上马和骆驼作为代步工具的时候，人类无法完成跨越洲际的迁徙。 是这样一个原因。 所以丝绸之路的伟大就在于，丝绸之路的开通，各文明板块被打破了，世界才成为一个整体。 各文明板块的智慧被别的文明板块吸收，当陕西人张骞从耶路撒冷走过的时候，一百年以后基督教才诞生，七百年以后伊斯兰教才诞生，然后张骞把他的足迹四布到地中海沿岸国家。 从那边又进到葱岭那边的印度河和恒河流域的源头，是那么一个伟大人物。 这是我谈的第二部分。

第三点，还是回到中华文明板块，我重点谈一谈佛教的诞生。

我跟当下比较有名的星云大师、净空大师都有过对话，他们谈得更多的是当下人间佛教。 我谈的是佛教的诞生，佛教怎么翻越葱岭，一个洞窟一个洞窟、一代一代的僧人们，令大教东流、落地生根，成为中国的三大宗教之一。

释迦牟尼和老子是同时代的人，很可能是同一年出生的人，他出生的地方在现在尼泊尔和印度交界的地方，五印地面当时有八十六个国家，它是其中的一个国家，而且是个不大的国家。在佛教的传说中认为，释迦牟尼一出生即能行走和说话，他向东西南北各走七步，尔后回到核心，上指天、下指地，他说了十六个字，“十方世界，佛光照耀，天上地上，唯我独尊”，如是宣告佛教的诞生。在佛教的传说中是这样记载的，像中国人的《山海经》一样充满瑰丽想象。

而真实的情况是怎样的呢？释迦王子到了二十七岁的时候，他突然醒悟，意识到世事的无常和人类生存的悲惨困境，于是他离开了他的小国家开始修行。他赤脚行走在五印大地上，以“修菩提行，起广大心”为修行口号。他的追随者——一群弟子在菩提树下聚集，他在一个洞窟中修炼了八年，八年以后他的背面石岩上出现了佛的形象，而就在这个时候突然发生地震，地崩山裂，天地失色。五百天神在天上听到地震的消息，唱着歌从天上走下来，对释迦牟尼说，你已经成佛了。这个地方不是成佛的地方，来，我们牵引着你到菩提树下去。五百天神牵引着释迦牟尼来到一棵菩提树下。菩提树在释迦牟尼之前没有这种树，它在印度叫贝多罗树。因为释迦牟尼在菩提树下成佛，释迦牟尼成佛的那一刻，身后发出万道菩提光，照亮了整个天空，照亮了树，所以从此贝多罗树就叫菩提树。到后来释迦牟尼寂灭，按照季羡林教授的推断，大约是活了八十三岁或八十六岁。释迦牟尼在那里说，你们好自为之吧，我要走了。这是在两千五百年前那时候发生的事情。

到后来我们中国进入秦始皇的时代，同一时间，在印度出现了一个伟大的王叫阿育王，他建立的王朝叫孔雀王朝。阿育王把五印大地上的八十六个邦国全部平定，平完以后他望着大地血流成河，望着他的手上沾满了鲜血，他就忏悔，他决心放下屠刀，立地成佛。佛祖说，一念善，一念成佛，一念恶，一念成魔，为善为恶，成佛成魔，原在一念之间。阿育王听到这来自天上的声音，他哭了。他决心把他的国家建成佛国。

他在释迦牟尼行走过的圣迹、修行过的地方全部都修了精舍，咱们说寺院。在释迦牟尼圆寂的那个地方，他修了个高高的石柱，史称阿育王石柱。底下是释迦牟尼的圣迹，上面有一个像，一个狮子长着四个头，警觉地面对着十方世界，咱们说四面八方，佛家认为除此之外还有两方——上方和下方，所以它叫十方。后来1950年印度立国以后，把四面狮像就作为印度国的国徽。阿育王他还干了一个事情叫破八塔为八万四千塔，就说是当年释迦牟尼圆寂以后，火化以后大家都来争他的舍利子，印度的最强大的八个王来了，兵戎相见。这时候释迦牟尼的弟弟就跪在地上说，如果先知在上面看见你们为争他的舍利子而战斗，他会伤心的，你们不要战斗了，把舍利子分成八份吧。

这个时候五百天神说我们也要分一份，然后龙王来了说也要分一份，这样天神分了一份，龙王分了一份，剩下的这一份，八个印度的王就将它平分了。分了以后在他们的各自国家都城建了八座舍利塔来供奉佛祖真身舍利。阿育王说我要把这个塔破了，在全世界建八万四千塔。八万四千是佛教一个数字概念，表示无限多、无穷多。七座他已经破了，后来第八座要破的时候，池子里一个龙飞起来把阿育王的衣服噙住，飞到地宫里面对他说，如果你再造的塔供奉佛祖舍利能有这个塔供奉得如此庄严的话，你就来破，如果做不到这一点的话你就走。阿育王一听，知道这个塔不能破了，这叫本塔，世界上所有的塔都是照这个塔的模式来造的。而且在这个塔的不远处还有另外一座塔叫灰塔，就是当年佛祖火化以后的那些灰，信众们用它造了一座塔。这样他实际上破了七塔，但是我们说破八塔就是按这个传统的说法。我和法门寺的老馆长老韩谈过，他说在中国境内一共有十八座舍利塔，法门寺塔是仅存的一座，是第十五塔，里面供奉着佛祖的一节手指骨。这样佛教就在印度大地开始风起云涌，一时达到了极盛。佛教当时有个中心或者叫最高学府，就是恒河入海口那个地方，在那个地方有一个著名寺院叫那烂陀寺，后世的高僧法显、玄奘都是到那里去取经、去修行的。

我想将佛教进入中国的地形图给大家简单地说一个概念。刚才谈到葱岭，葱岭是古代的叫法，现在的叫法叫帕米尔高原。在帕米尔高原的顶上有一个天池，在佛教传说中，天池里面有一个龙守着，天池的四个角向世界的东南西北喷水。向西喷出一股水，这是一个狮子喷水，喷出一股水从帕米尔高原流下去，流向五印大地，注入阿拉伯湾，这条水叫印度河。向南这是一个大象，它向外喷水，这个水从帕米尔高原的最高处流下去，流到孟加拉湾，这条河叫恒河。向西有一条水是马嘴喷出的，叫阿姆河，进入中亚五国，进入一个著名的地方，就是乌兹别克斯坦，有一个著名的中亚名城叫撒马尔罕，到那个地方。向东流出的这股水是一个牛嘴喷出的，这个喷下来形成了中华民族的母亲河黄河。这不是我说的，而是凿空西域、开辟丝绸之路的张骞告诉我们的，是西行求法、广游五印第一人法显高僧带给我们的。法显的同时代人郦道元，他写了一本书，叫《水经注》，也沿袭了这一说法。清代学者徐松的《西域水道记》，再行沿袭。就是说天池中牛嘴喷出的这股水，从帕米尔高原的东南侧流下来以后，叫塔里木河，塔里木河最后到了罗布泊这个地方，成了一个内陆湖。当年在玄奘经过的时候还不叫罗布泊，叫蒲昌海，叫蒲昌海之前叫准噶尔大洋。帕米尔高原是怎么形成的？在一亿五千万年前的侏罗纪时代，伟大的造山运动中，因了亚细亚板块和印度洋板块的挤压，地震发生，火山爆发，帕米尔高原涌出地面。通红的岩浆向西南奔流，冷却后形成昆仑山，又叫南山，形成喀喇昆仑山，又叫美丽的南山，岩浆到甘肃境内形成祁连山，进入陕西境内又叫终南山。美丽的南山到此终止，所以这个地方叫终南山。

有一本古书叫《山海经》，里面说，共工怒触不周山，天柱折，天倾西北，地陷东南。不周山过去称葱岭，现在则是叫帕米尔高原的那个地方。不周山是它的别称。因为它伸向塔里木盆地的边脚，伸向阿姆河流域的边脚，有一千三百多华里长，且呈现不规则状，所以别称不周山。这样，人们发现了《山海经》中的记载，绝非空穴来风，绝非荒诞不经，而是一定程度上反映了中华民族初民时期的原始记忆。

那时我们的西边有一个准噶尔大洋，正如我们的东边有一个太平洋一样。在伟大的造山运动中，地壳涌起，浩瀚的大水被挤走，洋底裸露了出来。这时刮起了东南风，风卷起黄沙与尘土，形成了西北黄土高原。准噶尔大洋的洋底，最初是一整块的，在距现在八千万年的时候，有一个新的造山运动，之后，出现了一个新的天山山脉，天山把这一块盆地一分为二，南边形成一个盆地叫塔里木盆地，塔里木盆地的中央包着一个沙漠叫塔克拉玛干大沙漠。北边形成一个盆地叫作准噶尔盆地，准噶尔盆地的中间有一个库尔班通古特大沙漠。如是，被中国人称之为西域的这块地面，地理大格局形成。

塔里木河在注入罗布泊以后，并没有停止它的奔流，高山阻隔，于是它形成潜流河，从巴颜喀拉山的另一面，重新钻出地面，形成黄河的源头。这就是中国地理学界争论了两千多年的所谓“黄河重源说”，它的始作俑者正是张骞。

大教东流怎么进入中国的？这里挂一漏万，只讲三位高僧的故事。按照中国人的记载，佛教进入中原、落地生根的第一个寺院是洛阳白马寺。汉明帝刘庄夜梦真人，白天他叫画师画出像，那袈裟白马的和尚高僧图像，在丝绸之路各个关隘四处张贴，后来来了两个骑着白马的深目高鼻的高僧，他就在那儿建了白马寺。佛教一般记载是这样来的，这两个和尚最初认为是来自塔里木盆地的佛教中心龟兹、于阗，后来说这可能是从印度本土来的，现在根据他们的姓氏考证，就是从刚才谈到的撒马尔罕那儿来的。这是关于佛教最初的记载。

由于时间的关系，我这里只谈三位高僧他们简单的生平传略。第一位高僧，广游五印、西行求法第一人法显高僧。法显是山西临汾人，他出生的汾河边的那个村子叫龚家庄，三岁时候到旁边的小寺院寄养，他放到家里就生病养不活，放到寺院里就好。他十三岁的时候父母双亡，他剃度完以后，来到长安城。到长安城以后，在他六十三岁的时候，他和他的四个同学一起，从草堂寺出发，西行求经。在法显的年代那寺院还不叫草堂寺，叫大石室寺。他们完成了一次伟大的穿越，从长安城到兰州，从兰州到西宁，从西宁到敦煌，从敦煌穿越塔克拉玛干大沙漠，穿越葱岭进入五印大地。继而从印度河的源头走到入海口阿拉伯湾，再返回来，又从葱岭进入恒河流域，一直走到恒河入海口孟加拉湾。最后在那烂陀寺修行。修行完以后从加尔各答坐船，到了狮子国，也就是现在称为斯里兰卡那地方。两年之后启程回国。坐了一条商船，在海上漂流了八个月，途中在马来西亚一个岛上停留了半月，然后回到中国的青岛。回到中国以后，这位伟大的僧人，他的后十年就在南朝四百八十寺游方，弘扬佛法，翻译经书。他写了一部重要的著作叫《佛国记》，记录了他十四年游历五印大地的所经所历。该书弥足珍贵。该书也似乎是二百年后玄奘的《大唐西域记》的先声。他后来八十六岁的时候，另一种说法是八十三岁的时候圆寂于当时的彭城，现在叫徐州，那里有一个新寺，圆寂在那里。此处我只简单地讲一下。

第二位高僧，鸠摩罗什。鸠摩罗什的父亲叫鸠摩炎，或叫鸠摩罗炎，是印度国一个邦国的准宰相。那个邦国在哪里呢？史书上没有说，我的推断是大约在印度与巴基斯坦交界的那个如今纷争不断的克什米尔地区。本来他应该做宰相，他不愿意做，在拜相仪式的前一天晚上逃跑了，翻越葱岭进入这边的国家叫龟兹。龟兹国的国王，他把鸠摩炎抓住了，一是做他的宰相，二是把他的妹妹罗什公主嫁给鸠摩炎，这样他们生下来了一个伟大的人，一个叫鸠摩罗什的人。鸠摩罗什七岁的时候随着他的母亲罗什公主走遍了西域三十六国，他的足迹到达印度河，恒河，那边又到了耶路撒冷，穿越阿拉伯大地抵达地中海沿岸国家。到十四岁的时候回来，回来他的舅舅就是国王建了一个佛光山，佛光山的底下用龟兹国一年的赋税打造了一个黄金狮子法座，让鸠摩罗什在那里讲经。鸠摩罗什在那里讲经，舌辩天下无敌手，包括他的老师从克什米尔来了，见到鸠摩罗什说，听说你现在已经不信我给你传授的小乘佛教的经典了，你现在开始信奉弘扬大乘佛教的经典，你这样做很不对。然后就和鸠摩罗什辩论了一个多月，辩论完他的老师彻底地服输了。他说俗话说“蛋在教训鸡”，我现在明白这个道理了，他说我是你的小乘佛教的老师，你是我的大乘佛教的老师，说完倒退着恭敬地回到克什米尔去了。西域三十六国的国王也慕名而来，龟兹王说你们来吧，你们选一个时间举行法会，你们来了我一块儿接待。三十六个王跪倒在佛光山的黄金狮子法座前面，鸠摩罗什踩着他们的脊梁走到法座上开始讲经。

这个时候中国正在发生什么事情呢？中国正是魏晋南北朝、五胡十六国时期。当时统治长安城的是一个著名的英雄人物叫苻坚，淝水之战的苻坚。苻坚做了个梦，梦见身披黄金袈裟坐在黄金狮子法座讲经的高僧，他把这个画成像贴满丝绸之路，问这个人是谁。后来有一个商贾把这个揭下来领赏，说这就是西域第一高僧鸠摩罗什。苻坚派他的大将三河王吕光去见龟兹王。龟兹王说我这个地方任何的宝物你都可以拿去，但是鸠摩罗什是国之重宝，这个不能给。这样吕光第二次去就破了龟兹城，杀了龟兹王，将鸠摩罗什扶到白马上，然后穿越塔克拉玛干大沙漠，来到月牙泉敦煌的时候，他的白马累死到那里。士兵们和当地的僧众们、居士们把白马埋葬以后，建了白马塔，修白马寺，开始建造敦煌。敦煌应该是公元366年左右开始修建的，就是鸠摩罗什到那个地方之时。敦煌出土的断头碑记载，之前有一个和尚从西往东而来，到这儿后看到鸣沙山上佛光万道，好像有一千个佛在那里打坐，于是乎在河边开始营造佛龛。当时不叫佛窟，叫佛龛，可见其小。然后东边又来了个和尚，也是见佛光万丈，状有千佛，于是也在那里修了个小佛龛。鸠摩罗什应该是第三个到达那里的人。修完白马寺、白马塔，这些人就开始在这里规模化地修建敦煌莫高窟了。

中国的佛窟，大教东流进入中原落地生根，随着我刚才谈到的这条伟大的道路东行。造山运动，过去人们认为这是一个神话传说，现在人们明白了这不是神话传说，这是中华民族珍贵的历史记忆。这记忆中一亿五千万年前，侏罗纪时代的那场造山运动，岩浆向东南而流，流成昆仑山、喀喇昆仑山、祁连山，一直到终南山，后来岩浆凝固以后，就变成了我们现在看到的山脉了。佛教也就是沿着这个道路翻越葱岭而来，以一个又一个石窟开路。翻越葱岭以后，在西域著名佛国龟兹左近，修凿克孜尔千佛洞，然后下来到敦煌莫高窟，再下来一个重要的石窟是云冈石窟，再下来是中原地区的龙门石窟。这些石窟都是北魏风格，北魏时代有几位帝王崇尚佛教，尤其是它的第七任皇帝拓跋宏（元宏），所以北魏当它的都城在大同的时候，它在那里修了一个云冈石窟。后来它占领了洛阳，将洛阳作为都城的时候，元宏在那里修建了龙门石窟。

我们再回到鸠摩罗什。这个时候苻坚要东征东晋，苻坚如果那一次把东晋灭了，整个中国的长达二百八十六年的魏晋南北朝、五胡十六国之乱就可以提前结束了。但是很奇怪的，他一百三十万军队，东晋只有三万军队，但是稀里糊涂就失败了。他是怎么失败的，历史学家现在还不得其解，觉得是一个历史的大蹊跷。失败以后苻坚逃回长安城，但进不去了。长安城他收留了两个投降了的王，一个是慕容燕，他反出长安在洛阳建立了个西燕；一个是羌族王叫姚苌，他占领了长安城，他不但不让苻坚进城，而且派兵追杀苻坚。

苻坚的族籍是氐族。所谓的“五胡”，诸说不一，一般是指匈奴、鲜卑、古羌、突厥、氐。史书上说苻坚是陇西人士，我后来请教专家，现在有个陇西县，但是这个上面说的陇西是个大概念，是陇东高原、陇西高原这样的概念。后来苻坚逃到岐山被姚苌给抓住了。翻过山去到了彬县大佛寺，杀苻坚于彬县大佛寺。苻坚墓现在在彬县的北原上。吕光听说前秦灭亡了，他说我早就想称王了，他就建立了他的国家叫后凉，亦是五胡十六国之一。这个后凉存在了十七年，也就是说鸠摩罗什被拘禁在凉州十七年。十七年之后，姚苌死了，他的儿子姚兴继位，他派兵把后凉灭掉了，把鸠摩罗什重新扶上白马穿越咸阳城，来到长安，然后在南门城楼上举行了拜鸠摩罗什为国师的仪式，然后把当年的大石室寺修缮成草堂寺。鸠摩罗什在草堂寺立足。

鸠摩罗什从公元401年到长安，公元413年去世，他在长安城的草堂寺的十三年中翻译了大量的经书，他收了一千五百个汉族学生学习梵文，一千五百个印度学生学习汉文，弘扬佛法，翻译经书。鸠摩罗什死前，让把他翻译的经书拿到院子里面晒，然后说了这么几句话后圆寂，这几句话是：“可以毫不夸口地说，天下的经书三中有二是我鸠摩罗什翻译的。如果我的译经符合原经教义的话，火化时舌头不焦，非但不焦，且有莲花从口中喷出。”后来果然火化的时候高僧确实舌头不焦，且有莲花从口中喷出。所以佛家有口吐莲花的说法，就是这样来的。鸠摩罗什舍利塔用和田玉做成，在草堂寺西北角。这是我说的第二个高僧，鸠摩罗什的故事。 里面有很多的故事因为时间原因我就不多说了。

第三位高僧，唐僧唐三藏，玄奘的故事。 奘字我专门查了一下，这个字解释说是骨骼壮得很，地冻萝卜长，又长奘了，就是玄奘这么个意思。 他的名字是谁给起的呢？ 这话说起来是大有来头的，是隋炀帝给起的。 玄奘是哪里人呢？ 他祖籍河南商丘，他父亲在洛阳为官，他母亲去世以后父亲落脚在洛阳。 洛阳城三十里外有个村子叫陈河村，他父亲姓陈，玄奘在没有叫玄奘之前叫陈祎。 后来他到洛阳，他听说隋炀帝大兴佛法，要在全洛阳城选十个少年——有慧根的可塑之材，为他们剃度，他就去了。 去时他不到 13 岁。 当时隋炀帝委托他的大臣郑善果操办这事，隋炀帝给十个少年剃度完以后，郑善果走到外面，看到一个少年站在大殿的门口哭泣，他见这个人气宇轩昂，眉清目秀，一看就知道此人绝非池中之物。 于是他就上去询问，询问后他回去奏明隋炀帝，隋炀帝开恩，给这个少年也剃度了一下，然后赐名玄奘。

隋朝很快就灭亡了。 隋炀帝是一个有很大功德的人，因了大运河的开通，中国才真正形成了南北地理上的统一，他在凉州城召开万国博览会，丝绸之路各国的商人们都来，国王都来。隋炀帝已经知道他的国家要灭亡了，他说这一颗好头颅不知道将来要给谁割了去，说完半年以后乘着船去扬州的路上，就被他的儿子割掉了。 所以说明他还是一个有自知之明的人。

因为隋朝灭亡，玄奘从洛阳到长安。 到长安城的时候，当时长安城多么的破败，只有四千口人，四辆牛车在城里面走着。玄奘在长安城停留了两年以后，又南下四川，八年以后他已经有了名气了，回到长安，这个时候长安已经明显繁华了。在大唐西市那个地方，他碰到一位西域过来的高僧，说现在中国流行的关于佛家的经典都是不准确的，所以你如果想要弘扬佛法，取得大功德的话，你一定要到佛教的发生地、佛教的最高学府那烂陀寺去。这样，玄奘在一次发生饥荒，难民向外逃生的时候，他背着一个木架子，里面装着铺盖就走了，沿着法显当年的路，他比法显用的时间还要长，用了好几年时间，才走到印度。印度在法显的年代叫天竺国，法显说他到那个地方以后，人家问他来自哪里？他说来自中国。当地人很惊讶地说，我们这个地方就叫中国呀。后来他才明白这是中天竺，中印度。玄奘回来告诉人们，天竺这个名字是不准确的，准确的叫法应该是印度，即月亮女神照耀的国家。

玄奘在印度取得了辉煌回来，他继续顺着原路，又翻越葱岭，后来到了楼兰、高昌，今天的吐鲁番。掐指算来，他来来去去，一共用了十九年时间。他们三位高僧不同。玄奘是大运作家，大炒作家，他去西域一路走来，说自己和唐太宗李世民是结拜兄弟，你们和我结拜了，就等于和唐太宗结拜了。所以他走到哪里都是通行无阻的，他回来以后给高昌王说，你给我的哥哥唐太宗写一封信，说我回来了，叫他到长安城外迎接我回去。八个月以后，李世民的信来了，李世民说我正在洛阳筹划攻打高句丽事宜，我不在长安城，长安城由我的宰相房玄龄来接待你，出郭三十里来迎接你。玄奘就带着他的庞大的驼队，里面满驮经书（贝叶经）、经像、佛祖脚印拓片、雕像等，这样就回来了。回来以后史书上记载，房玄龄领着驮队当时在长安城一百零八坊像游行一样，挂彩一样，走了一遭。而此刻，玄奘说我就在漕上这个地方等着，漕上应该就是黄河进入渭河，渭河进入灞河，灞河又修一个运河进入大明宫，就应该是在灞河和运河交错的那个地方，漕上码头。

第二年玄奘在洛阳城见到了李世民，君臣之间有过一次重要的谈话。李世民说高僧你做了这么大一件功德，你走的时候为什么不跟我说一下呢？我可以派军队护送你，我起码可以给你打发一点盘缠。玄奘是这么回答的，玄奘说你是君王，你有那么多重要的事情要做，我做的这件事情放到佛门来说、放到我个人来说可能也算事情，但是放到你那国家大盘子里面，不值得一提，所以我怎么敢惊动你呢？李世民一听很高兴。李世民说高僧你有什么要求？我请你出来做官。玄奘说，我是个出家之人，我的本行是弘扬佛法，你看一条船，行驶在河面上的时候，蛮像一回事情，但是要把它拖到岸上来，要不了多久，它就开裂了，腐烂了。如果君王看得起我，给我寻找一个栖身之处，给我调配一些通些文墨的和尚来，我开始给咱们译经，请他们做记录。这是第二个事情。

第三个事情就是我刚才谈到的玄奘恳请把佛教和道教、儒教放在一块儿，成为国家三大宗教之一这事。这个李世民马上就同意了。佛教这个舶来品，外来宗教，自此登堂入室，成为国教，成为支撑中华文明大厦的三根支柱之一。

第四个事情也是一件重要的事情，李世民要玄奘谈一谈他路途上的见闻，于是他讲了三个月，让一个僧人辩机记录，辩机是给他配的秘书，就是热播电视剧《武媚娘传奇》中的那个玉和尚。（我们知道，这个玉和尚后来与唐太宗的女儿高阳公主私通、私奔，被朝廷腰斩。）玄奘说，他写了一本重要的书叫《大唐西域记》，因为这本书的存在，印度国才有可能重拾中世纪之前的历史。这本书对印度国的重要性，相当于司马迁的《史记》对于中国的重要性一样。

后来玄奘的很多事情我就不说了，到他六十岁生日那一天，他去洛阳城见高宗李治，他建议把佛教列到前面，三大宗教之首。他的奏折递给李治以后，李治勃然大怒，把这个奏章撕掉了，然后赶他出去。李治认为儒教是国之根基所系，不可动摇的，道教老子李耳是李家的祖先，因此也是不可动摇的，佛教让你作为国教已经高抬你了。这样唐僧就感到深深的屈辱，他提出你给我找一个僻静的地方，我还有个最大的心愿，就是佛教最主要的经典《大般若经》，我把它译完。这样大唐王朝就把玉华宫改为玉华寺，玄奘在里面译经。六十岁生日开始，六十四岁生日结束，玄奘在玉华宫萧成院译完《大般若经》。译完以后，这位伟大的僧人，他在圆寂的时候说了这么几句话。他说："我早就厌恶我这个有毒的身子了，我在这个世界上该做的事情也已经做完了，该是告别的时刻了。既然这个世界不能久驻，那么就让我匆匆归去吧！"说完，我们伟大的僧人、一代高僧大德圆寂于铜川玉华寺。这是玄奘的故事。

我和印度朋友谈，为什么佛教在中国这么的兴盛，而在印度却如此衰微？我问他们印度的佛教徒有多少？他说占总人口的7%。这是什么原因？这与玄奘在那烂陀寺时得到了一些佛家最重要的经典，回到中国来有关。他离开那烂陀寺十年以后，伊斯兰教在耶路撒冷兴起。大家知道耶路撒冷是犹太教、基督教、伊斯兰教的圣地，在公元六百年的时候，一个阿拉伯先知穆罕默德，他在耶路撒冷说，在这万籁俱寂的高贵的夜晚，以西奈山盟誓，以无花果盟誓，你们要信你们的主。这个世界上只有一个神，那就是我们的安拉。那些不守斋戒、不过礼拜、不敬安拉的人们哪，你们有你们的命运，而我有我的命运。说完这句话以后，他认为西方已经兴起六百年的基督教，是对古老宗教犹太教的一个有偏见的改变，它的解释是不符合原经教义的，是为我所用的，所以他要修正它，他要对它展开圣战。这样他开始传教。在那块土地上就有了伊斯兰教的诞生，伊斯兰教在进行新月远征的时候，进入印度河流域，进入恒河流域，来到那烂陀寺，在玄奘离开十年以后到达那烂陀寺，把那烂陀寺围墙的每一块石头上都过了三刀，剃光头的人全部割头。一场大火过后，整个那烂陀寺从此在世界上消失了。继而远征军折回头来，进入塔里木盆地。当时西域三十六国全是佛国，不同的是有的是大乘佛教，有的是小乘佛教，它把它们也血洗了一遍，塔里木盆地有一半的人口被杀，法显所见、鸠摩所见、玄奘所见的当年那种家家门前起佛塔、户户家中供菩萨的景象，从此只成为记忆。

佛教就这样进入中国，佛教给中国的文化带来了极大的影响。季羡林教授认为在佛教传入之前，我们的汉语是比较僵硬的，佛教给我们起码增加了三分之一的语汇，让汉语表达有了更多的弹性。佛教我就谈到这里为止，现在再回到孔子和老子，谈儒教和道教。

附带说一句，近来有的青年学者提出一个文明板块的漩涡说，以中华文明板块为例，说有一个中心，旋转着，行走着，产生极强的向心力和凝聚力，从而将它的边缘部分不断地吸纳进来，这样这个文明板块越滚动越大。回想中华文明板块的形成过程和发展过程，我们说这个漩涡说或曰黑洞说还是有一定道理的。在长达一千多年的时间流程中，这个东方文明板块的中心就是长安城，中间是皇城，四围地面是村庄和田野，是广大的农耕文明地区，然后是一圈的长城线，接下来的世界四方是东夷、西戎、南蛮、北狄。海纳百川，有容乃大，在这极强烈的漩涡的飓风般的旋转中，四围地面不断扩大，小的文明板块不断被卷入和吸收，从而中华民族这个大概念得以形成。

佛教传入中国，亦是如此。这个从天下掉下来的东西，被强行按倒在地，融入中华文化，胡貌番相逐步形成中国面孔，如此妥帖如此和谐地与中华文化融为一体，这正是这个文明板块强大的吸引力和包容性的体现呀。

儒教分四个阶段。第一个阶段，原始解释阶段，或叫孔子、孟子阶段。在那个阶段，孟子说孔子是五百年必有王者兴，其间必有名世者。他说，从周公旦到现在已经五百年了，应当有一位精神的王者出现了，这个王者就是孔先生你呀。然后又过了五百年进入汉武帝时代，宰相董仲舒提出，罢黜百家，独尊儒术，这样孔子登堂入室，每个县城以上的城市都要建文庙，而在曲阜建孔庙、孔林，包括孔子当年周游列国用过的牛车，他们找个牛车复制一下摆到那里。孔子被尊为至圣先师。他当时地位多么的高呀，这从司马迁《史记·孔子世家》中可以看出。司马迁说了这么几句话："高山仰止，景行行止，虽不能至，然心向往之。"——我见过许多的高山，眼前的这一座山是最高的了。我见过许多有德行的人，先生你是其中的最高典范了。我多么地仰慕你呀，虽然我达不到你的高度，但是我心向之而神往之。这是第二阶段。第三阶段，到了宋的阶段，张载、朱熹、二程兄弟，以及王阳明的阶段。这个时候的理学本来是儒学的一个分支，但是由于这些人的彰显，它成为儒学在那个时代的代名词。朱熹引用别人的话也说过几句赞美孔子的话，叫作“天不生仲尼，万古长如夜”。就是说老天如果不生下孔子的话，我们中国人现在还生活在漫漫长夜之中。这个地方我特别强调一下陕西人张载，张载是眉县横渠镇人，他的名言是著名的横渠四句，“为天地立心，为生民立命，为往圣继绝学，为万世开太平”，这是他的名句。他对朱熹的影响（他们有些亲戚关系），他对二程的影响，他对王阳明的影响，他对理学的形成产生了重要的作用。去年 9 月份，习总书记在新加坡与马英九先生相遇，马英九踏歌而来，口中念念有词的正是这横渠四句。

第四个阶段是五四运动阶段。五四运动是当时以火烧赵家楼为肇端，以打倒孔家店为标帜，认为我们民族现在这三百年来为什么这么弱呢？就是孔子的思想，孔孟之道把我们中国人都变成精神上的侏儒，所以我们要和历史决裂、和传统隔开。然后包括了“文革”时期，以破四旧、立四新，和一切旧传统、旧文化、旧风俗、旧习惯进行决裂，又一次和传统割裂了。我是文化人，从文化的角度来说，我觉得上述行为有它对的一方面，也有它不对的一方面。给孩子洗个澡，这是没有问题的，但是在倒掉洗澡水的同时，连澡盆里的孩子也糊里糊涂地倒掉，这就是问题了。

又比如说，现在流行的国学，我跟他们很多人谈过，它并不是传统意义上的国学，它是明清以降封建末世的国学，所以里面大约一半是精华，另外一半就是糟粕。那么我们回到国学的原始阶段，孔子的阶段，老子的阶段，释迦牟尼的阶段，那个时期的国学是完整的国学吗？ 是准确的国学吗？ 似乎可以说它是完整的、准确的，但是它还是有瑕疵的。 为什么有瑕疵呢？ 我举一个简单的例子。 老子把三千多首民歌，我们上古时期的，交给孔子去编一本书，以冀为我们民族留下一些初民时期的古老文化记忆，这里面岐山的民歌、长武的民歌、武功的民歌、旬邑的民歌、合阳的民歌都有。 这本书就是《诗经》，或者叫《诗三百》，或者叫《诗经三百零五首》。 但是孔子在领着他的弟子编撰这书时，他是有所取舍的。 他有三个标准：饥者歌其食——饥饿的我歌唱自己口中这一碗饭；劳者歌其事——劳动者歌颂他的工作；帝王将相则歌颂自己的文治武功。 因为他有这个标准，从而把大量的也许更为珍贵的民族初民初期的一些古老记忆、一些写实纪实删去了。 所以孔子在编撰的时候已经有了他的倾向性，他作为政治符号为统治阶层服务。

西方古典哲学从苏格拉底、柏拉图、亚里士多德开始，有个公共知识分子概念，独立文化人概念。 东方哲学则没有，没有独立文化人这个概念。 孔学、孔孟之道对文化人的要求是十个字，叫作“学好文武艺，货与帝王家”，就是说你是个文化人，你把你的文学好，你是个武人，你把你的武把式练好，耐心地等待皇家的召唤。 如果皇家召唤于你，你就去像诸葛亮一样鞠躬尽瘁、死而后已，图个生前身后名；如果皇家不召唤你，你就相忘于江湖，归老于山林，在等待中优雅老去。 所以孔子包括他的《论语》，都有这样的倾向性。

所以孔子、孟子、老子、庄子在那个时候，对道家和儒家学说的解释，虽然是它的原始解释阶段，但是已经开始出现倾向性了。如果还要往上追溯中华文明的老根、中华文化的老根，中国文学的第一件作品叫作《击壤歌》，它产生于三千四百年前，它又叫《尧舜古歌》，“日出而作，日入而息。耕田而食，凿井而饮。帝力于我何有哉”。就是说太阳出来我上山去劳动，太阳落了我回家脱衣服睡觉，饿了我耕田打下粮食来吃，渴了我在院子凿一口井来喝，帝王你虽然很了不起很伟大，帝力无边，但是于我有什么相干呢？这个第一件作品是东汉时期的文化人王冕发现的，秦始皇焚书坑儒，把很多的原始民歌都焚烧了，这个民歌有幸留存下来了。这个民歌当然孔子也没有收入《诗经》。我认为这是文化最初的源头。那么孔子见过这首歌吗？我相信他是见过的，只是这首歌不合他的胃口，于是用剪刀将它剪去了。

当然如果再要往上追溯，还可以再往上追溯。我前一段到甘肃平凉给他们讲，源头就是轩辕黄帝问道广成子时的那一段关于“天人合一，无为而治”的对话。黄帝八十六岁那一年，他觉得结盟了炎帝，打败了蚩尤，他把天下治理得国泰民安，他为中华文明已经建立了初步的模式，他真伟大。然后他听说有个高人住在崆峒山，于是他就去拜访。他到了那个山底下以后有个牧童骑着牛，吹着笛子走去。黄帝也没有在意，他就上山，大家去过崆峒山知道，半山有个亭子，再往前有个通天梯通到山顶，然后在通天梯底下他碰见一些人家。他问有个叫广成子的，活了一千二百岁的广成子，我想拜见他。当地人说那个骑着牛、吹着笛子走去的牧童就是啊。轩辕黄帝很吃惊地说，他都一千二百岁了，还像个小孩儿一样。然后就把广成子请来。黄帝说你看我还有什么缺点没有？还有没有需要改进的地方你给我指出来。结果广成子就说了一句著名的话，这个话是中华文化的根，叫“无为而为”。他说你看太阳每天从东方出来，到西方落下，花朵在春天定时开放，到秋天成为果实，云彩在天空随风而飘，江河向低的地方流去。大自然本身就有着它的规律，所以你只要道法自然，你按大自然教给你的办法，让它们去走就行了，你不要过多人为的干涉，徒劳其神。轩辕黄帝一听，说我这个大活人，你让我活着干什么呢？我总得找点事干吧。广成子说你今年多大了？黄帝说八十六了。广成子说那还不晚，来得及，你跟上我学养生吧，学养生我保你活我个零头。后来轩辕黄帝升天的时候是一百一十七岁，基本上也就是广成子的预言。但是老百姓赞美轩辕黄帝说他活了三百岁，后来孔子解释说，“生而人得其利一百年，死而人畏其神一百年，亡而人用其教一百年”，三个一百年相加，所以老百姓说轩辕黄帝活了三百岁这话，是说得通的。

最后再说两句，今天我们谈了中华文明的发生和流变，我们用了一个多小时向历史致敬，向中华民族伟大的先贤们致敬。现在世界在发展，人类将来的命运、明天的命运会是个什么呢？就如苏格拉底那一句话，哪一条路更好，唯有神知道。还有个英国的人类学家阿诺德·汤因比，这个老人七十五岁已经去世了，他在去世前写过一本重要的书，叫作《人类与大地母亲》，他在对各文明板块的发生、发展、强盛、盛极而衰、消亡这五个阶段进行了一番巡礼之后，最后在书的结尾这样说，也许经过了漫长时间流程考验的，至今仍然郁郁葱葱、充满活力的中华文明，会是拯救世界的一剂良药，会给处于十字路口的、前程深浅莫测的我们人类，带来福音。

我们祈祷这个东方人类族群一路走好。我们祈祷这个吱吱呀呀行驶了五千年的牛拉车继续它命定的路程，不要停歇。我们祈祷我们的后世子孙永远生活在阳光下，远离黑暗，远离战争，远离饥饿，远离寒冷。

我们有信心做到这一点。因为有历朝历代列祖列宗在冥冥中佑护着我们，还因为这些古老的东方智慧教会我们如何应对各种不测，从而做到无往而不利。

（此文系陕西省《院士大讲堂》演讲稿）

兵团十三连

在新疆兵团，如果你打问一个人的消息。原晨他们会说这个人调到十三连去了。一个团场通常只有十二个连队，那么这个“十三连”是怎么一回事呢？原来，在兵团人的说法中，这个“十三连”专指墓地。

新疆兵团有着许多的团场。每一个团场都有它的十三连。兵团人的成分是：老新疆人；50年代初期和中期的复转军人；60年代初期的内地支边青年；后来的流落到口外的盲流人口；等等。他们来自中国广袤地面，天南海北。所以这十三连中葬埋的，几乎每一个省份的人都有。

亡人的坟墓简单极了，通常只是一个用戈壁滩的沙砾堆砌的小土包。有的坟墓前有简陋的墓碑，上面刻着亡人的名字，刻着籍贯和生卒年月；有的仅仅只插一块白杨木做的木牌；有的甚至连木牌也没有。

我曾许多次地在这样的墓群中流连。我曾许多次地在这样的坟墓前驻足。那些无名无姓无香无臭的坟墓，它们会迅速地被漠风抚平。那些有些简陋墓碑的坟墓，那墓碑上的籍贯和姓名则常常会把我的思路扯得很远：上海杨浦陈阿娣之墓，天津静海张燕子之墓，山东诸城张润香之墓，甘肃平凉李富贵之墓，陕西蒲城王平娃之墓，湖南衡阳欧阳春生之墓，新疆五家源赵远来之墓，等等。它们告诉我这些人的来路和去处，告诉我在那遥远的某一个村庄或某一个街弄，有一个白发苍苍的老太太，正拄着一根拐杖，向这里张望着。在我的中亚细亚地面的行旅中，我见过许多这样的“十三连”，我想说，这是我平生见到过的最凄凉的墓地，光秃秃的戈壁滩上，天地浑黄一色。一堆坟墓涌在那里，拥拥挤挤地直铺天际。不见一棵树、一朵花、一根草，偶尔会有一只鹰，从坟墓上方飘飘忽忽飞过，用一声长唳打破这死寂。

敬礼，兵团“十三连”，这世界上最凄凉的同时也是最伟大的坟墓。

阿尔泰山的成吉思汗之鹰

阿尔泰山是一座横亘在中亚细亚地面的奇异山峰。它的第一高峰叫奎屯山，海拔 4374 米。奎屯山这名字是成吉思汗当年为它起的，意即“多么寒冷的山呀”！奎屯山下面就是著名的哈纳斯湖。奎屯山这名字，新疆军阀盛世才曾将它易名“友谊峰”。1962 年伊塔事件后，中方将它易名“三国交界处”。现在，则又恢复成吉思汗为它取的“奎屯山”这个名字了。

奎屯山往下，额尔齐斯河左岸，有一座用红色岩石像堆积木一样堆起的袖珍小山，当地人叫它“平顶山”。据说当年，成吉思汗就是在这平顶山上召开的誓师大会，尔后兵分两路，一路翻越阿尔泰山冰大坂，一路打通天山伊犁峡谷，进入欧亚大平原，揭开他建立欧亚大帝国的序幕。

2002 年我在前往哈纳斯湖的途中，从平顶山经过时，看见一只雄鹰，正敛落在平顶山那红色的岩石之上，它大约刚刚飞翔回来，像君王一样在这草原上巡视过一圈。而此刻，它大约又要起飞，去俯瞰这地僻天荒的它的领域。突然间，它长唳了一声，令正从它身边经过的浑浑噩噩的我们陡然一惊。

你看那苍鹰又在天边遨游，它莫非生在战乱的时候！你看那片片的流云在疾走，它莫非在呼唤已去风暴的怒吼！尔特河哟，汹涌的渡口，岁月淘去我生命的泥沙，我又要离你而它走！

这一刻，我突然想起这不知是谁的诗。

但是这雄鹰并无意于遨游。长嗥之后，它仅仅只扑扇了两下翅膀，然后继续待在那红色岩石之上，看着翼下的草原、一路叹息流过的额尔齐斯河，以及河流两岸的白桦林，还有远处那带着银色盔甲的奎屯山。

于是我在这一刻向这草原之王行注目礼。我说，这样的山冈正是为这样的雄鹰准备着的，而这样的雄鹰正适合在这样的山冈栖息。

荒原童话

三十多年前，在新疆阿勒泰草原，我巡逻路经一个兵团村庄时，从一个简陋的土坯房里传出一声婴儿的啼哭，一个可敬的小生命在这块遥远的荒原上诞生了。

那是中苏边界最黑暗的一个时期。自珍宝岛事件、铁列克提事件以后，中苏交恶。边界一线，笼罩在一片死亡恐怖的气氛中。面对一触即发的战争，我们边防站的士兵，任务很明确，那就是战争一旦开始，我们将成为首先的牺牲者，用我们的牺牲换取后方的战备动员时间。

兵团人呢？兵团的那些老男人们，从马车上卸下那些腰身已经变硬了的老马，骑上它，挎上老式的冲锋枪，身上穿着各色的不同年代的破旧军装，然后彻日彻夜地在这界河边巡逻。

兵团的女人们则将这土坯房里一点简陋的东西，能带走的，包在一个大包袱里，然后这包袱就放在门口，女主人则坐在这包袱上，准备随时往口内跑，那些带不走的东西，比如说手摇缝纫机，则用十五块钱的价格，将它卖给当地的牧民。

我们是士兵，是在某一个冬天的早晨，被先是汽车，再是火车，再是汽车，再是爬犁子，从遥远的内地的某一个村庄，拉到这里来的，这叫服役，或者说叫义务兵。那么，这些边境线上的兵团人是怎么来的呢?

事情得从1962年伊犁事件说起。那时，有六万多名边民，赶着牛羊越过界河，跑往苏联境内。这些兵团人最初是驻防在边境线纵深二三百公里的地方的。这一天，他们接到紧急命令，说要去执行一次紧急任务，时间半个月，然后每人发了一支步枪，五十发子弹，四颗手榴弹，一只干粮袋。这样他们被装上了汽车，运到边境线上。

他们跳下汽车，要做的第一件事情，是顺着中苏边界四千多公里漫长边境，人挨人，手拉手，站成一排，阻挡那些潮水一般涌出的边民。这件事情做完了，边陲暂时安定了，要做的第二件事情则是就地建起村庄，开始他们一手拿枪、一手拿镰的生活。这样他们十五天的紧急任务，便变成永生的驻防。他们从原居住地接来家属，他们用这古尔班通古特大沙漠北缘的碱土打成土坯，盖起房屋，他们将眼前这一望无际的戈壁滩一步步地变成条田，让这条田里生长春小麦和铺天盖地的凡·高式的向日葵。

记得，我大约是从条田里，采了一个很小很小的向日葵花盘，循着这婴儿的哭声，策马来到这土坯房前，将那束小小的花盘塞进杨木门门闩的那个扣眼里。我这样为在这个时候出生的小生命献上我的祝福和我的感动。

当然也许不是向日葵，而是红柳。沙包子上，刚刚经了一场雨，一束红柳枯枝突然生出了粉红色的花。那花像血的颜色。我记得或许是折了一枝它吧!

我上面讲的是三十多年前的事情。三十多年过去了，这世界发生了多大的变化呀。那遥远的边境线已经成为“和平边防”，我的这个老故事也许只有经过那个年代的人才能懂。但是我在这里想说的是，我上面的那些叙述，只是一个引子，它主要是为了说明我下面的奇遇。

三十年后，在古城西安，我见到了当年在土坯房里出生的小姑娘。关于土坯房，关于葵花地和红柳沙包子，关于那天高地远世界荒凉一角无奈的兵团村庄，关于中国的最后一支骑兵部队以及我胯下的那匹马。当这些话题谈完以后，我肯定地判断，眼前的这个都市白领丽人，就是当年那土坯房中啼哭的婴儿呀！

我在那一刻感动极了，我流下了眼泪。为这位姑娘，也为如今日见苍老的我。望着她，我说，光为了你当年那平安的降生，我的爬冰卧雪的白房子岁月也是值得的呀！

锡伯渡传

在北屯往上十几公里的额尔齐斯河上游，有个古老的地名叫锡伯渡。它一度易名齐伯渡。兵团将它收入后，易名西北渡。它现在则又恢复成锡伯渡这个称谓了。

以上三个地名，都曾经在中国地图上出现过。

锡伯渡与锡伯人那一次迁徙新疆有关。

18 世纪中叶，清廷平定准噶尔叛乱后，从东北沈阳一带十七屯中抽调一千零二十名锡伯族青年和他们的家属共三千二百七十五人，分两批来伊犁戍边。

乾隆三十年（1765）春天，第一批出发的人，通过蒙古大草原从科布多翻越乌尔莫盖提达坂后进入阿勒泰。

其时正值初夏，额尔齐斯河春潮泛滥，无法渡河。他们所携带的粮食已经不多了，而且人马已经十分疲惫，遂决定在此做短暂停留。半年以后，才渡河而过。

锡伯人渡河的这个地方，遂成为前往阿勒泰城时必经的一个渡口。

直到北屯公路大桥修筑以前，它一直是这样。后来大桥修成后，它完成了摆渡车辆的使命，主要用于摆渡前往阿尔泰山夏牧场游牧的哈萨克人的畜群。

兵团农十师新闻中心主任小于，拿出了一沓他在锡伯渡拍摄的照片，并且为我讲述了上面所谈的锡伯渡的来由。

照片上的锡伯渡的艄公，剽悍、雄壮，年纪六十岁上下，手拄着路旁的“阔乡牧道”字样的石头路标，眼望大河，一副沉思的样子。艄公叫莫合买提。

指着照片上的艄公，我对小于说，锡伯渡我知道一点，这个艄公的父亲是山东人或者河南人，是在那遥远的年代里，步行走了三年，才从口内走到新疆，然后继续北上，走到额尔齐斯河边，走进一家哈萨克帐篷，被招赘为婿的。

我的话令小于大大地吃惊，他说艄公的父亲确实是山东人，他也是最近才知道这件事。他不知道我为什么二十多年前就知道这个家族的秘密了。

小于在锡伯渡长大。他是兵团的第三代了。

我在白房子当兵的时候，我们班有个民族战士叫阿依同拜依，他就是这锡伯渡的人，按年龄推算，他应当是那个从山东过来入赘哈萨克毡房的老艄公的孙子，是眼前这个老艄公的儿子。

我正是从阿依同拜依的口中，知道这个家庭秘密的。

阿依同拜依是哈萨克语“三个巴依”的意思，他说他出生的时候，恰好有三个巴依从他家门口走过。

阿依同拜依的姐姐，曾经给在福海县担任县委书记的贾那布尔当过秘书。照片上的姑娘漂亮极了，像当年来中国访问的尼泊尔国国王的王后。

在边防站，我是火箭筒射手，阿依同拜依是班用机枪射手。

我们曾同在一个班。

阿依同拜依骑马的姿势漂亮极了，歪着身子骑在马上，马一路大走，四蹄翻飞，嗒嗒作响。他还为边防站赶过大车，赶的是那种平板车厢的俄罗斯风格的马车，一匹辕马三匹梢马拉着。装得山一样满的一车干草，晃悠悠地从戈壁滩上驶过，他盘腿坐在高高的草堆顶上，挥着马鞭，唱着歌。如果是空车，他则手扶着车前面的那个 X 形的木架，站在车上挥着马鞭呐喊，马儿扬起四蹄，车子在戈壁滩上狂奔。

我没有对热情的小于说我为什么知道锡伯渡的这桩秘密。我心里很惆怅。我只对小于说，能安排个机会，咱们去一趟锡伯渡，我想在那里，寻找一个昨日白房子人物的踪迹。

但是老杜将我在北屯的日程安排得很满，那近在咫尺的锡伯渡，看来此行我是无法去了。

我想，如果谁能将锡伯渡的历史写成一部小说，那会是一部史诗的。写一写锡伯族向大西北迁徙的历史，写一写那个勇敢的山东人跨过千山万水，最后入赘哈萨克毡房的故事，写一写渡口的今天和这个家庭的今天，那真的会成为一部史诗的。

记得在乌鲁木齐，一位年轻的作家告诉我，根据我们现在知道的情况，在新疆这块土地上，曾经流行过十七种死文字。我告诉他说，这十七种泯灭的文字本身就是一本大书，一本我们先民的风云流散的历史，一种来自遥远年代呢喃的声音，溯根求源，我们能从里面找到许多古老的信息，找到昨日的人类向今天的人类那遥远的问候。

举例说吧。

佉卢文公元 2 世纪时曾在阿富汗贵霜王朝风行，成为官方文字，后来贵霜王朝灭亡，佉卢文变成了死文字。然而，它却又开始奇异地在新疆的罗布泊地区以及和田地区风行，成为与汉文同时使用的官方文字。这说明什么呢？这说明楼兰人除了是从欧洲迁徙而来的古老种族之外，2 世纪时它曾有过一次大的人种融合，这块中亚地中海慷慨地接纳了阿富汗苍凉高原上的远方避难者。

还记得，1991 年的时候，在西安，张贤亮先生刚刚从贵州讲学回来，他对我说，在贵州讲学时，学员提问道，如何才能写出深刻、恢宏、大气的史诗作品？他回答说，你们要去寻找历史的断裂带，比如说吧，贫穷得连盐巴也吃不上的苗族，为什么妇女们头上要盘上十几斤重的银首饰呢？这说明，这个民族过去曾经是生活在温柔富贵中的，一定是有过一次什么不测，或者天灾，或者战争，才使他们逃向荒野，逃往十万大山，沦为赤贫的。一个作家，如果他能将那段历史挖掘出来，他就把这个民族写出来了。这写出来的就是民族史诗。

锡伯渡充满民族传奇和家族传奇的故事，它为什么如此触动我，原因大概也在这里。

上面这一段文字，是我 2000 年时重返阿勒泰所写的随笔之一章。那次，是我这个白房子老兵，在阔别十三年后，应兵团农十师文联之约，重回故地。我因此十分感谢农十师文联主席杜元铎先生和农十师新闻中心主任于文胜先生。

老杜已经去世。好像说是有一年冬天，突发心脏病，当时大雪封路，无法前往乌市抢救，于是死在北屯。那一年西安见到兵团文联主席李光武先生，我还对老杜之死，表达了无尽的哀悼之意，并请他转告我对嫂夫人和两个孩子的问候。

文胜我也有极深的印象，他擦着两条长腿，肩上扛着摄影机跟着我们从布伦托海，到喀纳斯湖，到阿赫吐拜克，到北湾，到吉木乃，沿着边境线走了一圈。 他十分敬业，话不多，像所有兵团人那样，中亚细亚的漠风吹拂得脸色黝黑，那脸上常有一种无奈的、忍受的表情。

兵团人是共和国伟大的公民，这话好像是在我之前来过这里的一位副总理说的。 兵团人总用这句话来宽释自己，在这闭塞的、干涸的环境中，他们着实活得不易。 记得在乌伦古河河源地区的那个团场（大约是一八三团或一八四团吧），青年人对我们说：“外边的世界很精彩，我们的世界很无奈！”这句话叫人听了很难受。

记得我们离开这个荒僻的团场时，人们站在路旁的建筑物前挥手向我们告别。 夕阳凄凉地照耀着这块中亚细亚大陆腹地，那些簇拥在一起向我们挥手的人们，渐渐地退出了视野。 我在那一刻突然掉下泪来。

北屯是中国纬度最北的一座城市。 在兵团传说中，当年张宗翰将军坐着吉普车来到这里。 额尔齐斯河东岸，蚊虫肆虐，空旷孤寂如同死域，将军在地图上一画说，在这里建一座城市吧，扼守这个要道。 于是农十师在这里建立，而在进入 21 世纪后，升格为北屯市。

北屯市的旁边，有一座平顶的小山，它就叫平顶山。

当年，成吉思汗在平顶山，召开誓师大会，尔后兵分两路，一路渡过河去，穿越阿尔泰山冰大坂，一路打通伊犁果子沟天山峡谷，成钳形攻势，进入欧亚大平原，完成他对花剌子模的征服，从而为他建立横跨欧亚的大帝国拉开序幕。

北屯市如今已经将平顶山建成了一个公园。2000 年的那一次，当我从额尔齐斯河边、平顶山山脚下经过时，看见一只雄鹰，这个草原之王，在清晨巡视了一圈草原之后，此刻正合住翅膀，敛落在平顶山的山顶。记得我当时感慨地说，这样的山冈正是为这样的雄鹰准备着的，而这样的雄鹰正适合在这样的山冈上敛落。

阿尔泰山是一座横亘中亚细亚的南北走向的山脉，与额尔齐斯河平行。阿尔泰山的最高峰，成吉思汗的年代，叫奎屯山，意思是多么寒冷的地方呀！盛世才的年代，为取悦苏俄，将它改名为“友谊峰”。1962 年伊塔事件后，周恩来说，有什么友谊可言，遂大笔一挥，将它改成“三国交界处”。据说，现在又恢复“奎屯山”这个比较古老的称谓了。

说它仅仅只是比较古老，是说“奎屯山”之前，它一定还有更为古老的名字的。

英国人类学家阿诺德·汤因比说，那是一块多么令人着迷的地方呀！如果让我重新出生一次，我愿意出生在中亚，出生在新疆。那里是世界的人种博物馆，世界三大古游牧民族：雅利安游牧民族、古阿尔泰语系游牧民族、欧罗巴游牧民族。其中前两个都消失在那块土地上了，欧罗巴游牧民族则从马背上走下来，以舟作马，开始了人类的大航海时代。

额尔齐斯河是一条用怎样的美丽辞藻来赞美都不算过分的河流。它发源于阿尔泰山，穿越西伯利亚，注入北冰洋。它在俄境内的名字叫鄂毕河。冬天，河流冰封，夜半更深常发起惊天动地的炸裂声。夏天，春潮汹涌，一河蔚蓝色的浩大水流，仪态万千地从阿勒泰草原流过。

我曾经抱着一支半自动步枪，在额尔齐斯河口驻守过五年。

是的，正如这本书的作者所言，河流上那个或曰锡伯渡，或曰齐伯渡，或曰西北渡的著名渡口，曾经发生过一段传奇。满族之一支锡伯族，在那个遥远的年代里，沿着蒙古高原那弓背形的地面，迁徙伊犁，曾在这里停歇半年，尔后从这里渡河。

那迁徙的人们后来渡过额尔齐斯河后，继续西北而走，直抵伊犁，然后形成如今察布查尔锡伯自治县。我有几位锡伯族朋友，他们告诉我锡伯族应该是满族中的皇族，乾隆将自己最信任的子弟派遣去新疆，让他们像那飞翔的蒲公英种子一样落地生根，从而像一颗钉子一样钉在这块当时多事和动荡的土地上。

锡伯族后来为满族所同化，成为满族中的一支。在东北，锡伯族原来的故乡地，要寻找这个民族的古老语言、习俗、服饰已经很难了。阴差阳错，它却还在这遥远的西陲之地保留着。

关于我文章中谈到的那位锡伯渡艄公的孙子阿依同拜依，我这几年还得到过他的遥远问候，他复员后回到家乡，然后好像在福海县民政局工作了。按年龄推算，他也该退休了。

我现在还能记起他骑马时的那种歪着腰，半个屁股翘在马鞍上的潇洒姿态。现在看那些影视剧上的演员们的骑马，我常常笑着说：生手生手，整整一个人死死地堆在马鞍上，像一堆肉。

我后来的小说中的许多哈萨克格言，就是听阿依同拜依讲述的，例如："马背上摔下来的是胆小的！""不要和骑走马的人打交道。""如果有两个聪明人的话，我就是其中的一个；如果只有一个聪明人的话，那就只好是我了！"

在这个西安城细雨绵绵的早晨，我写下以上的文字，为这位新疆朋友的一本书，也为我自己的一段新疆感情而写。我已经六十出头了，怅然西望，老眼昏花的我，有一种“心在天山，身老沧州”的感觉。

我曾经说过，有一天当我老了，成了一堆灰，请将我的骨灰一分为三，一份撒入渭河，一份撒入延河，一份撒入我从军年代的额尔齐斯河！ 我生命中最重要的一段是在那里度过的。 那里葬埋着我的青春、我的激情、我的一点儿可怜的崇高感。

斯维斯拉奇河上的畅谈

我们一路走来，从古丝绸之路的始发地古长安城出发，穿越中亚五国，穿越巴基斯坦、阿富汗、伊朗边境，穿越里海和阿塞拜疆，穿越广袤的俄罗斯原野。今天，从二战名城斯摩棱斯克，进入白俄罗斯，来到明斯克。

我们一路走来，唯一的目的是学习。第一是学习，第二是学习，第三还是学习。《百年孤独》开头是这样的情景：一位魔术师拉着一个大冰块，穿过一个叫马孔多的小镇。小镇道路两旁所有的铁器，都飞起来了，噼噼啪啪地落在这个冰块上。小镇的人们惊呼道："圣迹出现了！哈哈，朋友！这不是圣迹出现，而是因为这个冰块中包着一块大磁铁。"

各文明板块产生的文化成果、文明智慧，是人类的财富。一个聪明的国家，一个聪明的民族，会懂得吸收，海纳百川，有容乃大，无问西东，为我所用——这就是我一路行来的想法。

24 日，我在莫斯科演讲时，我说：我向俄罗斯光荣的文学传统致敬，向普希金致敬，向列夫·托尔斯泰致敬，向陀思妥耶夫斯基致敬。俄罗斯广袤的原野上，不但产生了遮天蔽日的茂密森林，也产生了一个又一个痛苦的思想者。

当我说出，我熟悉所有的俄罗斯经典作家的主要作品，我能将普希金所有的诗歌倒背如流时，台下响起雷鸣般的掌声。

普希金被称为俄罗斯现代文学的奠基者，被称为一切开端的开端。在演讲结束后，在楼道里，一群俄罗斯女听众围着我，让我朗诵一首普希金的诗。于是，我朗诵了《致大海》。我说，这是普希金为悼念兵败于博罗季诺之役的法国统帅拿破仑而写的，在写作的过程中，惊悉英国大诗人拜伦去世于希腊半岛，于是这诗还有一个副标题，叫《兼致拜伦》。

当我请白俄罗斯作家国沙先生介绍一下白俄罗斯文学的现状时，国沙先生说，苏联解体以后，白俄罗斯成为一个独立的国家。我们也正在努力寻找白俄罗斯文学在世界文学大格局中的位置，我们一直在努力，我们有个天然的优势，即处在东方与西方的中间位置——世界中心，我们可以左右逢源，同时接受东方和西方两个方向来的文化滋养。

中国当代文学的现状是不能令人满意的。虽然我们每年有几千部的长篇小说出版，但大部分是泛泛之作。我们多么的平庸呀！我们缺少像列夫·托尔斯泰《战争与和平》那种长江大河式的宏大叙事，陀思妥耶夫斯基《卡拉马佐夫兄弟》那样撕肝裂肺地对俄罗斯民族灵魂的拷问。中国的改革开放已经四十年了，这个大变革的时代出现了多少故事、多少人物，我们不敢走近，或没有能力走近它和表现它，我们欠下这个时代一笔债务。

大先生鲁迅去世后，郁达夫先生为他的灵堂写的挽幛是：一个没有天才出现的民族，是愚昧的生物之群。一个有了天才出现而不知道爱惜的民族，是不可救药的奴隶之邦！

我们刚才从明斯克市区穿过时，夜色中看到一条穿城而过的大河，宁静、蔚蓝，国沙先生告诉我，那是著名的欧洲第三大河第聂伯河的一条主要支流，叫斯维斯拉奇河。

《第聂伯河之歌》是我听过的最忧伤的歌，或者说最悲凉的歌，没有第二。当年北京赴延安插队的知青，聚会时常唱起这首歌，我不知道这首歌的名字，我这大半生来问过许多人。后来，西安外国语大学的俄语系主任、一位资深的女教授告诉我，它叫《第聂伯河之歌》。说完，这位白发苍苍、气质高雅的老人和她的同事一起唱起女声小合唱。

女教授说，有一部苏联的著名小说，叫《钢铁是怎样炼成的》，奥斯特洛夫斯基的作品，影响了几代中国人。有个叫孙维世的女孩，周总理的干女儿，回国后将它排成一部话剧，叫《保尔·柯察金》，在北京的舞台上演出，那《第聂伯河之歌》就是这部话剧的主题歌。

这天晚上，明斯克的晚上，对着作家国沙，对着电视机镜头，我也唱了一遍《第聂伯河之歌》，声音哽咽，有眼泪流出来，这是我这个年龄段的人的一种记忆。

在乌克兰辽阔的原野上，在那清清的小河湾旁，长着一棵美丽的白杨，那是我们亲爱的故乡！啊，白杨树叶飘落地上。

我把新作《大刈镰》送给国沙先生，请他指正。我说这是我最新的长篇，刚刚参加完 2018 全国图书交易博览会，上了图书发行榜前十。我说，这是一本向草原致敬的书，向马致敬的书，作为中国的最后一代骑兵，这是对那个辉煌了两千年的兵种的一种悼念，也是对我苍凉的从军年代的祭奠。

书中有六幅图，我逐一向国沙先生介绍。我指着那一幅挥舞着大刈镰的画图说，我的大拇指上至今还有一道深深的伤痕，那是在打草的间隙，磨镰时被割伤的。那是在中亚草原，苏联/吉尔吉斯斯坦作家艾特玛托夫笔下的苦艾草原。插图中，还有一幅草原石人。我对国沙说：中亚地面，以及辽阔的欧亚大草原，布满了这种石人，按照专家的推测，这些石人是突厥年代的产物，它的用途通常有三种，一是牧人游牧时祭拜天地的神物，二是从平地向高山牧场转场时的路标，三是游牧部落牧放牛羊时的分界线。

今年的 10 月 4 日，是艾特玛托夫去世十周年，九十周年诞辰纪念日。那里将要召开一个国际笔会，本来我应吉尔吉斯斯坦总统之邀，要去参加那个笔会，向这位草原之子、大山之子献上敬意。因为与 2018 丝绸之路品牌万里行活动时间上冲突，只好放弃了。

我们从莫斯科经过，从博罗季诺俄法古战场经过，从斯摩棱斯克经过，从明斯克经过，路过这些古战场，凭吊怀古，我想起中国古人的那两句诗：“九里山前古战场，牧童拾得旧刀枪。”末了，既然我们前面提到了艾特玛托夫，那么就用艾特玛托夫的晚年作品《待到冰山融化时》的一段话作结：世界是一个整体，大家都在一条船上。假如有海难发生，谁也不能幸免！

手的大拇指和脚的小拇指

这里是日内瓦，这里是联合国世贸组织总部。地中海的阳光是多么的灿烂呀！如梦如幻。日内瓦湖和阿尔卑斯山，拥抱着这座十九万人口的袖珍小城。

这是我新出的一部长篇小说，名字叫《大刈镰》，刚刚在2018年中国书博会上亮相，并接受了“喜马拉雅”长达一个多小时的视频直播访谈。这次丝路万里行它是礼品。现在这本最新作品，赠送给这座城市，赠送给这个世界组织。

这是一本向草原致敬、向我胯下的那匹马致敬的一本书，是对我青春和激情岁月的祭奠。我是中国的最后一代骑兵，或者换言之，骑兵这个辉煌了两千年的兵种，在我和我的战友们的手中得到了完结。

我当兵的地方在中亚。那里有一块草原，叫阿勒泰草原。那里有一座东西走向的大山，叫阿尔泰山。有一条经过四千多公里流程，穿越西伯利亚，注入北冰洋的河流，中国段和哈萨克斯坦段，叫额尔齐斯河，进入俄罗斯境内后，易名鄂毕河。

阿尔泰山脉，是世界三大古游牧民族最后消失的地方。这三大古游牧民族是古阿尔泰语系游牧民族，古雅利安游牧民族，古欧罗巴游牧民族。

已故的英国人类学家、英国皇家科学院院长阿诺德·汤因比先生，在接受日本摄影家池田大作的访问时，当池田问道，假如让你重新出生一次，你愿意出生在哪里。汤因比回答，我愿意出生在中亚，出生在中国的新疆，出生在阿尔泰山山脉，那是一块多么迷人的地方呀，是世界的人种博物馆，世界三大古游牧民族，前两个都消灭在那里了，而古欧罗巴游牧民族，则迁徙到地中海沿岸定居，并且从马背上跳下来，以舟作马，开始人类的大航海时代。

和中华文明的板块接触频繁的塞人、匈奴人、大月氏、乌孙人、粟特人、鲜卑人、乌桓人、突厥人，等等，他们当属这古阿尔泰语系游牧民族，在那被称为中亚古族大飘移的年代，大约有二百多个古阿尔泰语系游牧民族，风一样地在这块土地上驰骋。这是一个大题目，容我以后找机会专门来谈。

古雅利安游牧民族的消失，也是一个大题目。最新的基因测试显示，德国人的雅利安基因，只占百分之四。倒是印度人、伊朗人，雅利安基因占到百分之四十，他们被称作印欧人种，又称亚洲白种人。

我们的欧亚大穿越、丝路万里行中，曾经踏访了卡拉库姆沙漠中一座被遗弃的中亚古城，它叫老梅尔夫城。专家告诉我们，这里被认为是雅利安人的起源地。我不能判断这个说法有多少把握。古城荒凉空旷，大而无当，一片残败，向西北是土库曼斯坦首都阿什哈巴德，向东南是撒马尔罕，这是翻越帕米尔高原，进入五印大地的通道。而正北方，是横亘在头顶的苍凉的伊朗高原。

这座名叫老梅尔夫的古城，据称已经有两千八百年的历史。它在五百年前毁于中亚枭雄帖木儿之手。古城中有最后一位土库曼王(苏丹)的陵墓，有中亚地面第一座清真寺遗址。距这里五百公里外的土库曼斯坦首都阿什哈巴德，曾是安息王朝最初建都的地方。我们知道，丝绸之路那个时期，曾经在路面上载着四个帝国，它们是东端的大汉帝国，西端的古罗马帝国，居于中段的是安息王朝和贵霜王朝。

旧事不提，容以后再细说。

这本书叫《大刈镰》。大刈镰是中亚地面牧民们收割马草时用的大镰刀。前面有一个两尺长的刃子，斜安在一个一身高的木柄上。木柄中段还有一个把手。打草时，人们排成一行。半直着身子，一路刈。大刈镰沙沙响，牧草一行一行倒下了。

中亚细亚地面的阳光，炽烈而又透亮。摊在地面上的牧草，要晾晒一阵，去掉水汽，然后缓缓等黄昏的时候，用铁叉将它卷起，垛成一个个莫奈式的草垛。

苏联/吉尔吉斯斯坦籍作家艾特玛托夫，在他的小说《查米莉亚》《我的包着红头巾的小白杨》里，描绘过这打马草的情景。那是比什凯克，伊塞克湖的附近，是大诗人李白的出生地。在苦艾草原上，草被割倒了，太阳一晒，整个草原都散发着一种又香又臭的苦艾气味。

艾特玛托夫晚年写过一本书，叫《待到冰山融化时》。书中说："世界是一个整体，大家都在一条船上。假如有海难发生，谁也不能幸免！"比什凯克正在召开一个纪念艾特玛托夫九十周年诞辰、去世十周年的国际笔会。本来，我应该受该国总统之邀，此刻出现在那个会场，但是，丝绸之路万里行这件事似乎更重要一些，于是我出现在这里——日内瓦。

请看，这是我右手的大拇指，大拇指的指头蛋上，有一道长长的深深的刀痕。这刀痕就是大刈镰锋利的刀刃削的，是草原留给我的刻骨铭心的记忆。

打马草的地方在额尔齐斯河南湾。一群精壮的哈萨克男人，挥舞大刈镰在打草，我也混在他们中间。休息的时候，这磨镰刀有两个程序。第一个程序是，给地面垫一个小铁砧，将镰刀搁在铁砧上，然后用一个小锤子叮叮咚咚地敲。第二个程序则是，将镰刀刃儿平放到脸前，齐眉高，木柄拄地，然后从戈壁滩上捡个小鹅卵石石蛋儿，右手的大拇指和食指握住石头蛋儿，这样挥动着在镰刃上擦，在擦的时候，还要不停地“呸呸呸”地向镰刀上吐唾沫。

我是农民，农民磨镰刀，是将镰刀往磨石上磨，而这牧民磨镰刀，是将石头往镰刀上去磨。旁边站着的我，好奇心驱使，于是也弯腰捡起一块小石头，竖起镰刀，沙沙地磨起来。并且在磨的同时，也学着样子，不时地朝镰刀上喷两口唾沫。

突然的事情发生了，在一次挥动中，我的大拇指的半个指头被大刈镰锋利的镰刃割下来，只连了一层皮，鲜血直流。我大叫了一声，用另一只手捂住这根指头。后来边防站的医生给我缝了三针。指头蛋保住了，但是却留下了这道深深的伤痕。

这就是大拇指的故事。

说完手的大拇指，那么下来说说脚的小拇指的故事，或者准确一点讲，叫脚的小指指甲盖的故事。

它出自我整整二十五前出版的一部长篇小说《最后一个匈

奴》。 这部小说被誉为陕北高原史诗,是对这块土地一百年沧桑史的一次庄严巡礼,因此它又被称为中国版的《百年孤独》。 它带来的另一项巨大荣誉是,“陕军东征”这个代表中国当代长篇小说创作的高度的历史事件,正是在《最后一个匈奴》北京研讨会上提出来的。

匈奴民族是震撼了东方世界和西方世界的古游牧民族,中亚地面是他们的主要游牧牧场,北匈奴穿越辽阔的欧亚大平原,穿越热海(伊塞克湖)、咸海、里海、黑海、波罗的海、地中海,在布达佩斯建立强大的匈奴汉国,阿提拉大帝的马蹄踏遍了欧罗巴大陆,罗马帝国差点毁在他的手中。

留在原居住地的匈奴人,则掀起长达二百八十六年之间的魏晋南北朝、五胡十六国之乱。 在这个历史阶段的中期,匈奴王赫连勃勃,在陕北建造统万城,完成了匈奴民族在行将退出历史舞台前的最后一声绝唱。

《最后一个匈奴》就是写他们的故事,而故事的着重点不在凭吊历史,而是描写当下。 那掉队的匈奴士兵走入一户陕北窑洞,于是在高原上,一个生机勃勃的人类族群诞生了,婴儿的第一声啼哭,便带着高原的粗犷和草原的辽阔。

“请注意孩子的脚指甲盖,那是浑圆的完整的一块,而汉民族的小拇指的脚指甲盖,往往分岔,不规则地分成两半!”这是小说中的描写。

这个细节一时间引起许多的热闹话题,而我也无数次地予以解释。 直至二十五年后的今天,还常常有人提起它。

我曾经请教过一位中国社科院民族史专家,他告诉我,我的描述是正确的和准确的,并且不独匈奴民族,那些活跃在中亚高原的二百多个古游牧民族,脚的小拇指指甲盖都是浑圆的一块。

当我将我的这些所得告诉亲爱的朋友们时，我在这一刻感到十分的愉快！ 我一直想告诉大家,现在是在这欧洲中心，在日内瓦。

一想到是在这陆止于此、海始于斯的遥远的地方，谈这些话题，我就有一种异样的感觉。

我们的行程还要继续，也许进入意大利境内后,我会讲述阿提拉大帝围攻罗马城的故事，而在这次行程结束，回到西安家中后，我会详尽地将撒马尔罕之子——帖木儿大帝的故事写出来，因为不了解他，你就根本无法进入中亚的过去时和现在时。

（此文系日内瓦演讲稿）

马德里阳光的城

西方世界第一部真正意义上的长篇小说，来自西班牙。 这是西班牙文学的光荣。 这部小说叫《堂吉诃德》，小说作者叫塞万提斯。

一个叫堂吉诃德的西班牙人，要离开他的城郭，出发去征服世界了。 他怀着匡正时弊的世纪梦想，在一个马德里的早晨出发了。

他从旧货市场上买来一副锈了的盔甲、一柄长矛，又从牲口市场买来了一匹风一吹就倒的瘦骨嶙峋的老马，开始上路。

他带了个仆人，这个仆人名叫桑科，一个滑稽人物。 因为中世纪骑士总是有仆人的。 他心目中的理想女性则是那个矮矮胖胖的厨娘。

对这个城市来说，这是一个节日。 他们的一个伟大儿子要出发，去征服世界了。

请这座城市搭上彩门为他送行，请姑娘穿上节日的盛装为他送行，请铁匠用锤子敲打出钢铁里的音乐为他送行！

我以上的致辞，向西班牙文化致敬。

记得二十年前，在中国的西安，我曾与西班牙作家有过一次对话。他们一行七人。作协主席是一位瘦削的老人。现在年龄大约已经比较大了。他的夫人名叫卡门。

记得，座谈会上，当我说出，我心目中的理想女性，是法国作家梅里美塑造的吉卜赛女郎卡门形象时，这位穿红风衣的女作家一声尖叫，过来拥抱我。她说，我就是卡门！

塞万提斯的故乡叫阿尔卡拉，距马德里很近，一个小时车程。

阿斯塔纳　你早

哈萨克斯坦脱离苏联重新立国，到今年整整二十六周年，新建都二十周年。该国首都原来在阿拉木图（距霍尔果斯口岸三百七十八公里），后来向后迁移七百多公里，现在的首都在阿斯塔纳。

阿斯塔纳是“白色坟墓”的意思，这个地名里边有一个悲怆的故事。这地方原来是空旷原野，1937 年，斯大林将一批持不同政见者枪杀以后，蒙骗他们的遗孀说，丈夫想见一见她们，遗孀们信以为真，于是匆匆忙忙地坐上汽车，就这样被蒙上眼睛，一直拉到这遥远的中亚细亚荒凉地面。那时是冬天，大地上覆盖着皑皑白雪，像铺了一层裹尸布一样。所以流放的人们信口把它叫作“白色坟墓”。

这座监狱名叫“阿力杰尔监狱”，据说类似这样的监狱在苏联境内约有一千四百座。这个监狱第一批被关押的人有一千六百多个。后来不断地又进进出出，到底关押了多少人，无法统计，只知道 1953 年斯大林去世时，这座监狱撤销，活着走出的囚犯是八千多名。

阿力杰尔监狱所在地现在建成了一个纪念馆，它的标志物是一个环状的纪念物，两侧左边是一个受难的男人形象，右边是一个受难的女人形象。雕塑下面刻着“希望与自由”这几个字。

大约每一个来阿斯塔纳做客的人，主人都会安排他们来这里参观。望着旷野这个沉重的历史遗产，你会感到一种深深的压抑，会感到刻在哈萨克斯坦民众心头的那种苦难的感觉、痛的感觉，很难随着时间的流逝而得到宽释。走进纪念馆大厅的正中间，是一个黑色的花朵的雕塑。这束黑色的花朵正挣扎着从坚硬的岩石和板结的土地上摇曳而出。天空是飞翔的鸽子，正在鸣啾着呼唤自由。

展厅上的照片和衣物记载了当年的情景。有一个楼房的照片，讲解员说，枪毙犯人通常在地下室进行，这时地下室上面的舞台要开音乐会。用音乐会乐器的打击声来掩盖地板底下的枪声。每当这座楼房开音乐会，城里的人们就知道又有人要被枪毙了。我们参观时，翻译在翻译这一段的时候泣不成声。

解说员说，苏联时期共有一百万的哈萨克男人，因为政治的原因被秘密枪杀。二战时期，走上前线的一百万哈萨克士兵，成为烈士，没有再回到故乡。哈萨克斯坦现在全国的人口是一千七百万。

阿斯塔纳是一座建在旷野上的城市，所有的建筑物几乎都是新的，道路开阔。云彩在城市的上空飘浮，安详、静谧。这些建筑物可以说是五花八门，有欧罗巴风格的建筑，有亚细亚风格的建筑，有东正教的教堂，有中亚地面最大的清真寺，有一座穹庐式的建筑，人们说那是塞族纪念馆。是为了纪念两千年左右的时候在这片土地上生存过的塞族人。还有一座巍峨楼房的顶端，有个北京天安门式的建筑，人们说那是设在阿斯塔纳的北京饭店。街上的行人行色匆匆，当我从一个购物中心出来时，草原上突然下起瓢泼大雨，在天桥下面一个哈萨克男人正在那里拉着手风琴。“你为我拉一曲《喀秋莎》吧。”我说。于是这位民间艺术家吱吱呀呀地拉起来。匆匆过往的美丽少女不时地弯下腰来，往他的琴盒里扔两枚硬币。

有一条河流名叫伊什姆河，从阿斯塔纳的城中心穿城而过。地理书告诉我们，伊什姆河是额尔齐斯河的一条重要支流（左岸支流），全程一千四百多公里，后来注入额尔齐斯河。因为做过中国边防军士兵的我，曾经有五年的时间，抱着一支半自动步枪在中国境内的额尔齐斯河流入苏联的河口驻守过，因此对这条河有着很深的感情。额尔齐斯河从我驻守的那个地方向北流淌二百多公里以后，注入一个西域大泽，这个大泽叫斋桑泊，又叫斋桑淖尔。而后又继续流淌，进入俄罗斯西伯利亚地面以后，与鄂毕河汇合。以鄂毕河为名，继续向西北流淌，一直注入遥远的北冰洋。由于这个的缘故，所以我来到这个名叫伊什姆河的河边，望着它一江春水，匆匆北向。心中生出许多的感慨。它从理论上讲也属于额尔齐斯河流域。

我是率中国作家学者代表团，应邀来哈萨克斯坦访问。同行者中还有两位西北大学的中亚史研究专家，两位年轻一点的作家朋友。4 月 23 号世界读书日，我们参观了建在阿斯塔纳的国家图书馆，我在图书馆的留言簿上说，这个高贵善良勤劳勇敢的中亚古游牧民族，走过了数千年的时间流程，走到今天。致敬哈萨克光荣的兄弟，敬畏图书馆里每件珍藏——中国作家高建群。

而在随后纪念世界读书日及国家图书馆建馆十四周年活动上，我讲话说，今天，全世界每个图书馆，都在举行类似的活动。提倡全民阅读，敬畏书籍典藏。我来自中国，我是一位写作者，中国最优秀的小说家之一。在我们的国家，大大小小的图书馆都被阅读者挤满。除了阅读之外，人们还亮起嗓子来朗读。在中国的一些图书馆里，大约会朗诵我的书，例如在我们陕西省的图书馆里，他们正在朗读我的《最后一个匈奴》，而在另外一个民间性质的沙龙里，一群年轻的朋友，正在朗读我的《统万城》。他们给我发来了短信，我回短信说，我正在遥远的中亚城市阿斯塔纳，哈萨克斯坦的首都。作为对我此行的纪念，作为对这个善良而高贵的中亚游牧民族的祝福，请一个叫“豆豆静华”的朋友朗诵我早年的一部作品《遥远的白房子》。

哈萨克朋友向我们屡屡推荐他们的民族诗人，现当代文学的奠基者——阿拜（伊布拉希姆）胡那巴依。他们还将中文版的《阿拜诗选》送我们人手一本。哈萨克文对中国作品的翻译，也在进行。比如这一次我们中一位女作家的书就在这次阿斯塔纳欧亚国际图书展中展示。该国一位欧亚大学的教授翻译了厚厚的鲁迅的文集、茅盾的文集，还在报纸上翻译出艾青、余光中的诗歌等等。作为中哈文化交流的一部分，同行的两位西北大学教授告诉大会，他们正计划出一套六卷本“哈萨克斯坦研究”丛书。

我在中哈作家论坛上演讲时，开头正是用了艾青的诗起头。我说，我从东方来，从山的那边来，踩着早晨的第一滴露珠来，循着天空中神鸟飞行的轨迹，来到我们的兄弟邻邦哈萨克斯坦。向哈萨克斯坦同行致敬，向正雄心勃勃迈向世界经济三十强的这个中亚重要国家致敬。我还说，一位哈萨克作家朋友对我说，高老师，你像写《最后一个匈奴》一样为我们哈萨克民族写一部史诗吧。我回答说，这得你们本民族的作家来写，一个过路客、观光客是很难走进一个民族的心灵的。当一位哈萨克牧人头戴三耳塔帽，身穿宽大的黑灯芯绒外套，腰间扎着宽皮带，下身穿着动物血染成的皮裤，脚蹬马靴，骑在一匹黑走马上，在旷野上、在雪地里长时间的一动不动地矗立在那里，守护着他的羊群，你永远不知道他在想什么，一个观光客很难走进他的内心。

我还说，一个民族要让自己的心灵变得广阔起来，强大起来、深邃起来，需要有两百个哲学家、两百个艺术家、两百个科学家来支撑。在座的朋友们，希望你成为那样的人，希望哈萨克斯坦在中亚细亚这块土地上光荣地站立。

在主人的安排下，我们开着越野车一直向北，到哈萨克斯坦著名的旅游胜地布拉拜国家自然公园去参观。道路像箭一样一直向北，已经接近 5 月了，草原上还留着点点的残雪。中亚细亚栗色的土地啊！走了约两百多公里之后，进入茂密的森林地带，白桦林、塔松铺天盖地，无边无沿。后来是冰封的湖泊和低矮的群山。主人介绍说，这里是哈萨克民族一位大汗的龙兴之地。在一个广场上，竖立着一个高高的纪念石柱，石柱的四周布满了草原石人。整个中亚细亚的草原上，有许多这种石人，当然这一组石人是旅游点上的象征物。陪同的导游带我来到一个石人旁，告诉我这个石人是匈奴人的。北匈奴在从亚洲到欧洲迁徙的途中，曾经在黑海到里海的这个区域流连过将近两个世纪。导游的这句话引起我很多的感慨。天下着蒙蒙细雨，我来到一个石人的旁边向石人敬礼，并且用视频直播说了下面的话：

这是草原石人，在欧亚大平原辽阔的地带有许多这样的草原石人，按照当地人的说法，这些是匈奴人从这里迁徙过来而留下的。专家们认为草原石人有三种用途，第一种是牧民在游牧的时候用来祭拜的草原神，第二种是牧民从平原牧场向高山牧场转场时，用作牧道上的路标，第三种就是一个部族和一个部族游牧时候的分界线。

这些年，随着我在西域地面的游历，我把自己当作一个世界主义者。当我从额尔齐斯河流域一路走过时，我向路经的每一座坟墓致敬，我把它们当作我们人类共同的祖先，我把自己当作他们打发到21世纪阳光下的一个代表。

OK，阿斯塔纳，再见！别克兄弟，再见！

大教东流

总理先生，首尔市市长先生：

我是中方代表，中国当代作家高建群。我为这次文化交流活动致辞的题目是：《大教东流，落地生根，佛陀文化对于东方文明板块的重要影响》。

两千五百多年前，释迦牟尼圆寂于古印度的一条河流旁边，两棵菩提树之间，他最后说的话是："我要走了，我不得不走了，我不能再陪伴你们了。人们啊，你们好自为之吧。"听到这些话，在场的人们哭声一片，感到在这一刻，自己成了世界的孤儿、弃儿。

一千六百多年前，鸠摩罗什圆寂于中国长安的户县草堂寺。他最后说的话是："可以毫不夸口地说，天下的经书，三中有二是我鸠摩罗什翻译的。如果我的译经符合原经教义的话，火化时舌头不焦，非但不焦，且有莲花从口中喷出。"

一千四百多年前，唐玄奘，也就是《西游记》中人们所说的唐僧，圆寂于中国陕西的铜川市玉华宫肃成院。他最后说的话是："我早就厌恶我这个有毒的身子了，我在这个世界上该做的事情也已经做完了，该是告别的时刻了。既然这个世界不能久驻，那么就让我匆匆归去吧。我将归到弥勒佛身边，将来弥勒佛下凡时，再随他往生。”

产生于两千五百多年前的佛教文化，它对中华文明板块，继而对东方文明板块的影响，怎么估价都不算过分。

佛教大约从诞生的第一天开始，就翻越帕米尔高原，进入中亚，进入塔里木盆地，继而沿河西走廊，进入中国大陆纵深。它是靠一个一个的佛窟的开凿、一代一代的僧人的行走，完成这种大教东流的。

不久前，我参加国际卫视丝路联盟，来到中亚的名城——撒马尔罕。这里是佛教传入东方重要的山口，同时也是世界三大宗教的交汇之地。在撒马尔罕老城，我席地而坐，将脚下行走的老布鞋摊在地上，将我的新作《我的菩提树》摊在地上，向历史致敬、向道路致敬、向张骞致敬、向从这里翻越帕米尔高原进入五印大地的伟大僧人玄奘致敬。

现在讲“一带一路”这个概念。佛教传入中国，主要的就是由陆路丝绸之路进入。另一路，则是沿着海上丝绸之路进入。沿着海路进入的著名高僧，就是被称为广游五印、首开险途的东晋时期高僧——法显和尚。

法显和尚在五印大地求法九年之后，从加尔各答乘轮船先到斯里兰卡。斯里兰卡那时称“狮子国”。他在斯里兰卡停驻两年后，又乘海船，途经印度尼西亚、马来西亚。八个月后从中国的青岛登陆。西域第一高僧鸠摩罗什，后来入驻户县草堂寺，西方评价说：鸠摩罗什是东方文明的底盘。

玄奘，也就是我们所说的唐僧，当年还年轻时，在长安的大唐西市，遇见一位印度和尚，和尚告诉他：你要求得真经，你得到佛陀文化的发源地印度去，那里有一个那烂陀寺。那烂陀寺有一位高僧叫戒贤法师，他已经一百岁了，你拜他为师吧，看能不能取得一些真经。

玄奘后来都取了什么经呢？浩如烟海，不计其数。我这里只说他在《大唐西域记》中说过的一段话。这段话原来是文言文，北京大学教授、梵文专家季羡林将他译成白话文。文字如下：“三千小千世界构成一个中千世界。三千中千世界构成一个大千世界。三千大千世界为一佛之化摄也！”

这话是什么意思呢？当今一位美国的学者将这话输进电脑，求答案。电脑给出的答案是，三千小千世界指的是我们生活的地球。三千中千世界指的是银河系。三千大千世界指的是茫茫宇宙。

这个答案叫人吃惊。啊呀！佛陀文化在遥远的两千五百年以前，就站在宇宙之巅观照世界了，联想到现在的量子力学、量子纠缠理论，现在的暗物质理论，佛陀文化的深不可测叫人惊异。

我们正处在一个处处冒烟、处处起火的时代。世界是一个整体，大家都在一条船上。假如有海难发生，谁也不能幸免。那么怎样从当前的世界困境中走出呢？英国人类学家阿诺德·汤因比在他的《人类与大地母亲》一书中，历数了世界各文明板块的发生、发展、强盛、盛极而衰、消亡的五个过程后，最后在书的结尾说：

也许，经过五千年历史进程考验的，至今仍郁郁葱葱的中华文明，会是世界的福音。但是这个文明必须时时警惕，避免回到他们曾经的轮回中去。

最后，我要对写经作家李顺子女士的作品展，给予高度评价。韩国人对于文化的敬畏，对文化人的尊重，对于国学传统的继承和发扬，也许值得所有的国家和民族来学习。

朋友们，让我们向人类的古老的智慧学习，让这些古老的智慧荫及后人，荫及每一个国家。我的祝词完了，谢谢总理先生，谢谢市长先生，谢谢各位高贵的朋友。

（此文系韩国首尔文化交流演讲稿）

一个王和一座城的故事

在相当长的一段人类历史进程中，世界的东方首都是长安，世界的西方首都是罗马，中间则隔着辽阔的欧亚大平原。这里生活着二百多个古游牧民族，他们通常以八十年为一个周期，或涌向东方的长安，或涌向西方的罗马，向定居文明索要生存空间。匈奴民族是这些古游牧民族中最为活跃、最为特殊的一支。

匈奴民族曾在公元2世纪时，完成过一场跨越洲际的悲壮迁徙。迁徙者北匈奴王阿提拉大帝，在布达佩斯建立匈奴大汉国。铁骑过处，几乎占领了整个欧罗巴大陆。后来阿提拉神秘死亡，北匈奴从历史进程中消失。

南匈奴王赫连勃勃出生在一辆高车上，后来在大河套地区建立大夏国，并筑统万城，完成了留在原居住地匈奴人的天鹅最后一声绝唱。

两支匈奴人几乎在同一时间消失。

小说《统万城》就是描写大恶之花赫连勃勃筑统万城的故事。

赫连勃勃出生在一辆迁徙的高车上。女萨满双膝跪倒举手向天祈祷道，上苍啊，赐一位英雄给匈奴草原吧！赫连勃勃一出生，便肩负着一个不可能完成的历史使命，这就是挽狂澜于既倒，拯救匈奴民族。他开始成为后秦皇帝姚兴的大将，镇守北方，他在陕北高原以及整个黄河大河套地区建立他的国家，也就是大夏国。大夏国成为五胡十六国之一国。

后来，称王的赫连勃勃与后秦王朝十年九战，一步步取得胜利，被严重削弱的后秦王朝后来被东晋刘裕（刘寄奴）所灭，长安城被占领。赫连勃勃则率军南下，从刘裕儿子手中夺回长安并在灞上称帝。在长安城居住半年后，赫连勃勃说他要过琴书卒岁、归老北方的生活，于是又骑着马回到已经筑成的统万城。

匈奴民族有一个世世代代的梦想，就是要筑一座城定居下来，变千年行国为永久居国。这件事在赫连勃勃手中实现了。赫连勃勃在鄂尔多斯高原与陕北高原的接壤处建立了一座辉煌的都城，号“统万城”，即“一统天下，君临万邦”之意。史书上说此城的规模堪比于当时的咸阳城、洛阳城。

赫连勃勃的大夏国鼎盛时期，版图范围从三江源到西宁市到黑城，再到后来的银川，再到鄂尔多斯高原、陕北高原，这个伟大的游牧民族在行将灭亡前夕，发出了辉煌的天鹅最后一声绝唱。而统万城作为匈奴民族留在这个世界上的唯一的一座都城，至今那城的废墟还立在旷野上，千百年来任人凭吊。

正像流行歌里唱到的那样——

那把酒高歌的男儿　是北方的狼族

人说北方的狼族　会在寒风起

站在城门外　穿着腐锈的铁衣

呼唤城门开　眼中含着泪

男 呜——我已等待了千年　为何城门还不开

女 呜——我已等待了千年　为何良人不回来

统万城后来被另一个草原帝国，位于今天大同的北魏拓跋焘大帝所破，匈奴民族自此退出人类历史舞台。小说的另一条脉络是写大智之花鸠摩罗什，历经千辛万苦，从父辈开始，自印度国翻越葱岭，到达西域龟兹国，最后抵达长安，为汉传佛教奠定千年基石的故事。

鸠摩罗什的父亲叫鸠摩炎，他本来按照家族传统要成为印度一个邦国的宰相，后来他逃走了，翻越葱岭，到达塔里木盆地的古龟兹国。他成了龟兹国的宰相，并与国王的妹妹罗什公主结婚，从而生下来伟大的鸠摩罗什。

龟兹国那时候是西域的佛教中心，鸠摩罗什在二十三岁被拜为国师，成为西域第一高僧。长安城当时的皇帝是前秦苻坚，他令大将吕光西征龟兹，马背上绑着鸠摩罗什顺着丝绸之路返回长安。走到河西走廊凉州的时候，淝水之战爆发，前秦苻坚兵败，第二年被杀。吕光于是在凉州称王，建后凉国，也是五胡十六国之一国。这样鸠摩罗什被拘留在凉州十七年。后来进入后秦时代，长安城的后秦皇帝姚兴灭后凉，夺得鸠摩罗什来到长安，在终南山下设草堂寺，开始译经弘法。这是公元 401 年的事。这个译经堂收一千五百个汉族学生学习梵文，收一千五百个印度学生学习汉文，是中国境内建立的第一个国立译经场。十三年后，汉传佛教的伟大奠基者鸠摩罗什在草堂寺圆寂。

鸠摩罗什被西方评论家称为“东方文明的底盘”。

正是由于汉传佛教在中国的落地生根，从而令儒教、佛教、道教三教鼎立，成为两千年中国封建时代的国家宗教。正是通过大恶之花赫连勃勃、大智之花鸠摩罗什这两个人物的故事，小说重现了那个在中国历史上被称为魏晋南北朝、五胡十六国的时代，完成了对中国历史这个重要的节点和拐点的艺术性诠释。

小说具有极强的故事性和传奇性，人物性格张扬、鲜明，并且呈现出莎士比亚式的多样性。它也为即将拍摄的电影或电视剧提供了厚实的基础。除赫连勃勃、鸠摩罗什两位充满传奇故事的主要人物外，小说还塑造了鲜卑莫愁、叱干阿利、姚兴、吕光等鲜明人物形象。

小说以陕西版、北京十月杂志版、北京版、台湾繁体字竖排版、手稿版、纽约英文版在世界范围发行，取得了不凡的销售业绩，并获得“意大利大雅风文学奖”“中国国家新闻出版总署优秀图书奖”，名列长篇小说榜首。同时，统万城这个人类历史的珍贵文化遗产被我国列为联合国申遗首选项目，尤其是在该书出版以后对提升统万城的知名度也有很大帮助。之前就小说改编电影事宜，我曾于前年冬天在北京与香港导演张子亮、内地导演吴天明讨论（天明老师去世前一个月时）。两位导演一致认为，要拍成国际范儿，三维，由中美法印四国合拍，美国好莱坞、印度宝莱坞、法国前总统萨科齐、中国香港导演徐克担任总监制。

萨科齐曾通过中国驻法大使馆，要去二十本作者签名书。他说他是匈族人，流落到欧洲的最后一个匈奴。萨科齐并提议由他的女朋友来唱电影主题歌。

张子亮做了个规划书，现在在我这里保存。 香港电影界里有文张武徐一说。

我在二百眼泉子里汲水

我的小孙女出生了，她是多么的弱小呀！ 世界是一片丛林，她将要在丛林中穿行，开始自己漫长而又漫长的一生。 她将要经历许多事，有些事会是难事，有些事甚至会是些难以跨越的塄坎。 我是老江湖了，我经历过许多事，我遍体鳞伤，我老而不死是为贼。 在我活着的时候，我会佑护她，但是，我不能陪她到老呀！

这样我决定写一本书，一本类似遗嘱那样的书，当孩子在丛林中形单影只，茫然四顾时，当孩子生平中遇到难事，遇到翻不过去的塄坎时，她打开这本书，在里面寻找智慧，寻找自保和自救。 这本书会是一项工程，它大而无当，它试图告诉孩子说，在她出生之前，这个世界都发生过哪些重要的事情，出现过哪些值得记忆值得尊重值得香火奉之的人物，世界文明尤其是中华文明都产生过哪些古老智慧，等等。

这本遗嘱小而言之，自然是为孩子写的，是为一个有着古老姓氏的家族的子嗣们写的，然而大而言之，是不是可以这样说，它同时是为这个东方民族写的，是为这个正在行进中的国家写的。我们希望她好，因为这里是我们的家园，因为这里是我们的祖邦，地底下埋葬着我们的祖先，乡间道路上行走着我们的后人。

以上是开场白，所谓乡间社戏里所说的那种开场锣鼓。下面进入这个前言的正文，而正文从世界的远处说起，从一个叫霍金的人说起。

英国天文物理学家霍金大约是这个世界上，活着的人中，最有智慧的人了。他坐在轮椅上，佝偻着身子，两手扶着轮椅，一颗外星人一样的头颅倾斜着，两眼空洞无物，茫然地望着天空，好像那目光要洞穿什么，又仿佛什么都没有看见。“人生有多少机缘，站在这里，向星空仰望！”这好像是中国诗人郭小川的诗句，这诗句好像是为了还在仰望星空的那位霍金写的一样。

霍金前一阵子，说了一句惊人之语。这话叫“哲学已死”。这话在坊间引起一阵大热闹。霍金这话，是在什么情景下说的，说给谁的，我不甚了了。不过他的这个句式结构，斩钉截铁的语气，和百多年前的那个狂人，写过《查拉斯图拉如是说》一书的尼采很相似。

尼采在一百多年前说，上帝死了，你知道吗。说这话的口吻，仿佛他是一个先知。

“好作大言”一句，是人们说给中国的古代圣贤庄子的，不过用这话来说给尼采，说给霍金，同样合适。

其实这个句式结构，两千五百多年前的一个中国人也说过，这就是老子李耳。老子说，周礼已死，丘先生难道不知道吗？五百年前的那些立言者，如今尸骸早已腐烂，他们那一堆老骨头，埋在了哪里，现在都无从寻找了。假如周公旦能活到今天，面对这个和五百年前完全不同的时代，相信他也一定会有一些新的思考的。

这段话就是那个道家代表人物与儒家代表人物伟大相遇时，老子与孔子对话的开头部分。我们知道，这次对话所产生的最重要的成果是，孔子根据老子的建议，将东周王朝藏书楼的那些典藏（老子时任皇家藏书馆馆长）搬上他的牛车，拉回曲阜老家，而在晚年，则用这些典藏，编出《诗经》《易经》《礼经》《乐经》《书经》《春秋经》等六经，从而为我们的上古初民时期保存了一部分弥足珍贵的民族记忆、古老智慧。简言之，是对上一个两千五百年的一个总结，亦是对下一个两千五百年的一个开启。

这话这里不说。现在，再回到这本书的这个“前言”上来。

这里仍然用尼采的一段话来说事。好作大言的尼采，说过一句令人神往的话，他说，我要用十句话说出别人用一本书所表达出的内容和一本书所没有表达出的内容。

在我写作《我的菩提树》一书的长达两年的时间中，面对长达五千年的世界各文明板块的发生史和流变史，面对长达五千年的中华文明板块的发生史和流变史，我把它们强按在我的案头，规则地、和谐地装入一本书中时，我的脑子里时时回旋着的，正是尼采这一段话。它给我以激励，勉励我用尽自己的全身力气，完成一件显然不能够胜任的工作。

我要规则，我要简约，我的笔触要犀利如投枪，从历史的关节紧要处、起承转换处穿肠而过。我绝不允许拖沓、疲软，在某一个迷人的港湾逗留太久。一切都以点到为止为宜。因为我要用十句话来说出一本书的内容，用一本书说出我案头现在放置着的、用作参考书的二百本书的内容。记得大约在近二十年前，金庸先生来西安，先是华山论剑，再是碑林谈艺。在西安碑林博物馆，座谈中，面对碑刻四布的这个庙堂，他对我说，他有一个大想法，或者叫大野心，即把中国的二十四史，用小说这种艺术形式，重写一遍，那将是一项浩大工程。

记得我当时有些诧异。我说，二十四史，能用小说这种虚构的艺术形式来重写一遍吗？怎么写呢？他说，能写的。选一些历史上的重要事件——影响历史进程的事件，然后，选一个人物，用这个人物的叙事视角，从这件事的中间穿肠而过，这样，事件就写出来了，而人物性格，也因为行动而饱满起来。这样人物也就出来了。

记得席间，我写了一幅字赠金庸先生，叫作“袖中一卷英雄传，万里怀书西入秦”。后来，电视台导演小郭送金庸先生去机场时，金庸先生对郭导说，他这次西安之行，最大的收获是见到高先生，与他讨论了匈奴民族这个话题——匈奴民族这个动摇了东方农耕文明和西方基督教文明的根基，深深影响世界文明进程的伟大游牧民族，怎么说一声消失，就从历史进程中消失了，而且消失得无影无踪，这件事真叫人费解。后来，《文学报》则以“万里怀书西入秦”一句，做了金庸此行报道的通栏标题。

这本书的这样写作，大约还受到张贤亮先生的重要影响。张先生已经作古，愿他安息。

大约 1991 年，中国作协的一个文学奖在西安颁发，获奖者除我以外，陕西还有贾平凹先生、杨争光先生。张先生则是评委。记得，那天晚上，我陪张先生去西安街头吃夜市。东新街两侧都是红灯笼，我陪着他，一家一家地去吃，他的七岁的男孩跟着。

张先生刚从贵州讲学回来，谈到文学的史诗创作，他说，他对贵州作家们说，要写断代史，把一个民族的断裂代写出来了，把这个民族的历史也就写出来了，云贵川渝十万大山中，生活着十万有苗。这里生活着的各少数民族，家里穷得一贫如洗，连买盐巴的钱都没有，巴掌大的一块平地上，种几棵老玉米，就靠这个为生计。然而，这些民族的女人们，头上却顶着十几斤重的银首饰，昂贵，华美。这说明了什么呢？说明历史上一定发生过一场大的变故，从而令他们远遁到山里，沦落到今天这个境遇。将那场大变故写出来，也就是说，将那个断裂代写出来，这个民族的史诗也就写出来了。

是的！张贤亮先生已经作古，愿他安息。他在去世前，曾给我写过一个条幅，叫作“大漠落日自辉煌”。你见过落日在沉入西地平线那一刻的悲怆情景吗？血红血红的落日，像一个勒勒车的大车轮子一样，停驻在苍茫的西地平线上，将它最后的一丝光芒，奋力地投放到曾经经历过的地方去。此一刻大地一片死寂。此后，落日跃三跃，倏然消失。消失得好像从未出现过一样。

云贵川渝地面，流行一种古老的傩堂戏，那演出傩堂戏的古戏台两侧，往往有一副对联，上联叫“于斯一席之地可家可国可天下”，下联叫“虽然寻常人物能文能武能鬼神”。这副对联，也许是解开大西南地面傩文化的一把钥匙。关于这本书的写作，著名的编辑家、我的《大平原》一书的责任编辑韩敬群先生，也给过一条重要的提示。他说，巴尔扎克说过：历史是一颗钉子，在上面挂我的小说。巴尔扎克这话说得好极了，对极了，确实是写过无数好小说的人的过来者之言。一定要有钉子，这钉子要准确得丝毫不差，清晰得历历可见，尔后，所有的小说想象，所有的虚构飞翔，它的出发点、发力点、落脚点都在这颗钉子上。

现今的那些耗费巨资拍摄的电影，为什么让人觉得苍白无力，虚张声势，就是因为它们没有找准钉子，或者说找到了，但没有在钉子上敲上应有的重量，没有对这历史的钉子予以应有的尊重。

虽然我努力地这样写，但是我明白《我的菩提树》不是一部小说，或者说不是一部教科书上所定义的那种小说。它是三种文体的一个混合物。在这两年的写作过程中，每当向前推进而无法把握时，我就请教案头上的三本书，看它们如何叙事，如何“化大千世界为掌中之物”。

这三本书一本是《史记》，一本是《圣经》，一本是今人阿诺德·汤因比的《人类与大地母亲—— 一部叙事体世界历史》。可以说，《我的菩提树》是这三种文体的一个混合物。在这里，作者觉得形式已经退居其次了，让位于内容了。怎么能淋漓尽致地表达，怎么能我手写我心，就怎么来——我想把自己对世界的认识和思考，如是地表达出来。如此而已。

我将《我的菩提树》的副标题叫作“一部叙事体的东方文明发生史和流变史”，即是出于以上的考虑。这本书分为三部，第一部叫《苏格拉底如是说》。西方古典哲学的伟大奠基者之一苏格拉底，他说了什么呢？他说：哪一条路更好，唯有神知道。是的，在那遥远的信息不通、人类的脚力又无法即达的洪荒年代，世界各文明板块，基本上都是在各自的蛋壳里孕育和发展起来的文明，它们在各自的道路上前行着，至于哪一条道路更好呢，谁也不知道。

第二部则叫《鸠摩罗什如是说》。汉传佛教的伟大奠基者之一、高僧鸠摩罗什，他说了什么呢？他在圆寂时说：可以毫不夸口地说，天下的经书三中有二是我鸠摩罗什翻译的。如果我的译经符合原经教义的话，火化时舌头不焦，非但不焦，且有莲花从口中喷出。

第三部叫《玄奘如是说》。汉传佛教的伟大奠基者之一、高僧玄奘，也就是民间所说的唐僧，他在圆寂时都说了什么呢？他说："我早就厌恶我这个有毒的身子了，我在这个世界上该做的事情也已经做完了，该是告别的时刻了。既然这个世界不能久驻，那么就让我匆匆归去吧！"

这就是这本书的内容。

它用相当的篇幅，对世界各文明板块的发生及流变，遥致敬意。继而，写了世界三大宗教基督教、佛教、伊斯兰教的发生，在这其中，以着重的篇幅描绘了佛教的发生过程。

继而，写了儒、释、道三教合流，在中华文明板块的伟大相遇。而其中，又以浓墨重彩，描绘了三位佛门高僧：广游五印第一人法显法师的故事和传略；西域第一高僧鸠摩罗什东行长安城草堂寺译经和弘法的故事和他的传略；话本小说《西游记》中的唐僧，即高僧玄奘，他的西行求法经历、他的故事与传略。

我在这里直追道家的源头，直追儒家的源头，直追佛家的源头，描写了它们的发生及流变。而在这块三教合流的土地上，并眼到手到笔到，对这个东方文明板块饱含敬意，做了一番庄严巡礼，甚至于直达三皇五帝，直达中华文学的伟大源头——《击壤歌》。

时间在走着，历史的大车轮子在轧轧地滚动。一切都是瞬间，你我皆是过客。（一切有为法，如梦幻泡影，如梦亦如电，应作如是观。）

过客的我们所能做到的事情，就是把我们这一个时间段过好，过得有点意义。把我们所能悟到的霍金式的智慧，用诉诸笔墨的方式告诉后人。这应当有点身后遗嘱的感觉吧！原谅我们，我们的智慧有限，思维只到这里！

我们这一代人行将老去，这场宴席将接待下一批饕餮者。

这个东方文明板块，正在走着它的命定的行程。让我们为它祝福，为它祈祷。《我的菩提树》这本书，就是一次对它的庄严巡礼，一次虔诚致敬。前不久，我去一个地方，参加西王母诞辰的祭祀仪式，那西王母大殿的两侧，有一副对联，上联是：“中天高挂半钩月”，下联是：“曾照洪荒第一年”。我在这副对联前唏嘘良久，双目潮湿。

（此文系《我的菩提树》前言）

我有铠甲十二副：我的十二条处事哲学

活人真难。世上最难的事情就是披一回人皮做一回人。汹汹世界在你的面前，你得应付，你得牙掉了往肚子里咽，强支撑起自己高高的头颅。记得一位同仁曾经写文章，嫉妒我脸上那“灿烂的微笑”。这文章令我啼笑皆非。因为她不知道我曾经是有名的“愁容骑士”，正是生活的一次又一次打击，令我只会微笑了。我常常想，有一天我要写一篇文章，将我从生活中悟得的处世之道告诉我的正在上高中的儿子。因为他还将有漫长的路要走。兵来将挡，水来土掩，这苦难和打击使我的皮像涂了树脂的野猪皮一样，一天天厚起来，以至成为铠甲，以至成为金刚不坏之身。我有铠甲十二副，今天说与诸君听。

其一曰“超乎其上”。我曾经在一个单位主事，单位的“窝里斗”闹得我惶惶不可终日。一位大学教授送我四个字，这四个字就叫“超乎其上”。一语惊醒梦中人。我多么重要，我有那么多重要的事情要做，我不可能把自己厮混于这毫无意义永无输赢的纷争之中了。我用海涅的两句诗向纷争告别，这两句诗是：“再见了，油滑的男女，我要登到山上去，从高处来俯视你们。”而后，我便缩回自己的四楼，写长篇去了。一年零一个月之后，我的第一部长篇完成了，站在阳台上，我感慨地望着世界。世界仍在纷争。

其二曰“把难题留给时间”。得大自在生活有时会把你逼到死角，你遇到的难题简直会是一座无法逾越的高山。这时你唯一应该做的事情，是不要着急，把难题留给时间。时间会将一切改变的，会令沧海成为桑田，仇雠成为兄弟。“文革”时期有个口号叫“打倒刘邓陶”。“刘”和“陶”从昨日的尊荣显贵到今日的阶下囚，经不起这个打击，都含冤死去了，打不倒的小个子邓小平委实是一位伟人，他活了下来，于是历史开始一个邓小平时代。还有一个极端的例子是陀思妥耶夫斯基。陀氏被判死刑，执行枪决，枪响了，陀氏却没有死。原来这一刻，沙皇生了一个儿子，兴奋中他要大赦天下。每当看到这位俄国经典作家的作品时，我就想，如果陀氏耐不过从判刑到处决的这一段时间，而自己结束自己生命的话，那么，我们今天就看不到《罪与罚》,看不到《卡拉马佐夫兄弟》了。“行到水穷处，坐看云起时”，聪明的古人早就这样提醒我们。千万不要小看这个“坐”字，你坐着不动，可是世界在动，时间在动。时间有时候会是你最忠实的盟友。

其三曰“敢于成功”。一个人有时会很顺，有时会很背。连普希金也说：阴郁的日子需要镇定，相信吧，那快乐的日子必将来临。生活不会总“欲渡黄河冰塞川，将登太行雪满山”，命运之神有时候也会网开一面，向你微笑。你要抓住这机会，你要勇敢地向属于你的成功走去。“不敢成功”的事在生活中很多，这是一种病态、一种心理障碍。中国足球所以屡战屡败，就是因为他们不敢成功，他们一开始就把自己定格在“陪太子读书”的附庸位置上。我们细细分析中国足球的每一次冲击，都会发现这里面确实有机会，但是，机会每每来临时，队员们都会在机会面前惊慌失措。

其四曰“永不言败”。孔子在生活中也有很多失败的事。每一个成功者的来路都有一段苦难。勇敢的人将失败当作乳汁，成为滋养，软弱的人则将失败作为他停滞下来的借口。拿我来说，我的习作可以装一麻袋，但是那时发表出来的只是寥寥几笔。有一年，我写了两个中篇，那也许是当时文坛最好的中篇，但是屡寄屡退。到后来，它们就被我作为耻辱的记录，锁进抽屉里了。半年以后，《中国文化报》的一位记者偶尔路经我居住的小城，带走了小说。小说后来在北京一家杂志发表。现在，我的文章一旦写来就可以变成铅字了，但艺术的殿堂博大精深，每一次，我都鼓起余勇，向纵深走去，但每一次几乎都是失败。可是我还得往前走，不管“坟”那边是什么。

其五曰“难得糊涂”。“闭目塞听”是一种大境界和大智慧，人还是糊涂一些好，不该你知道的事情永远不要去知道它。侦探小说中说人只要掌握了某种秘密，就会有生命危险，这话值得每一个有好奇心的人去听。世界上有些事情你永远也弄不明白，既然弄不明白我就不去弄它。有些事情你看在眼里了你又何必去说它，你不说简直就等于你没有看见。我是一个糊里糊涂的人，这为我省了许多的事。对于我来说，大约只有第三次世界大战爆发会叫我震动一下，而对于一匹在草原上安静地吃草的马来说，第三次世界大战也不能令它震动。糊涂有时甚至是一种力量，纷乱的世界对糊涂的人一点办法都没有，你打击他感觉不到，你骚扰他无动于衷。 他真糊涂。 郑板桥说“由糊涂转聪明难，由聪明转糊涂更难”，这话何等苦涩啊！

其六曰“包容”。 千江有水千江月，万里无云万里天，包容是一种天大的美德。 一个懂得包容的人是一个可敬的人。 这包容不是装出来的，而是从心底发出来的对同类的一种友善和宽厚仁爱。 我们要学会原谅人，原谅他们的小缺点和小错误，原谅他们的大缺点和大错误。 世界是残缺的，完满是没有的，我们要时时明白这一点。 最近有关部门组织一批作家记者去一个女监深入生活。 女监关的一千名犯人中，三分之一是杀人犯。他们为什么杀人？ 我和几个女犯谈过话以后，在监狱的留言簿上写下这么一段话：“世间所有的事情都没有道理，它的发生就是它的道理。 一个人的命运，在很大程度上有时候并不能由自己决定。 所以我们应当平心静气地接受生活所赐予我们的每个失败和磨难，并把它化为滋养。”我这一段话是有感而发的，我感到生活为她们所制造的道路，像渠里的被制约的水一样，只能这样流而不能那样流，一个涉世不深的人，一个年轻的人，很难从命运之手中逃脱。 我还能举出大大小小的许多例子，说明世界的荒谬性，并且说明一个宽厚的人，一个有力量的人，要懂得包容，懂得宽宥。

其七曰“珍惜你手中的东西”。 中国老百姓有一句话，叫作“隔夜的金子到手的铜”。 这话是说有人现在要给你一块铜，另有人明天早晨要给你一块金子，那么，你是要这铜，还是要那金子呢？ 我劝你要铜，因为睡一觉以后，世界说不定会发生变化。 同样的这个谚语，西方也有一句，叫作“拿到你手里的东西是世界上最好的东西”。 这两句民谚足以令那些好高骛远者警醒。珍惜你的家庭，珍惜你的工作，珍惜你的朋友吧，它们尽管都有许多不尽如人意之处，但这是你的，因此对你来说，这也就是最好的。只有那些愚蠢的人，才像猴子掰苞谷一样，掰一个，扔一个，到头来手头只有一个苞谷。拿我来说吧，长期以来，我从事过各种职业，但是在从事这些职业的同时，我永远清楚自己此生来世上是干什么的，这就是文学创作。所以我总能在我的环境中，营造出一片小气候，潜心创作。我不抱怨生活，我珍惜生活赐予我的每个卑微的位置，我所能做到的就是在这个位置上，不动不摇，永远闷着头走自己的路。

其八曰“把大事和小事分开”。计利当计天下利，求名应求万世名。世界上有些事是大事，有些事是小事。或者说对你来说有些事是大事有些事是小事。你应当永远地绕开这些小事，去干大事。人生是何等短促啊！光干那些主要的事和重要的事，你一生又能干几件呢？我们的古人说过“一屋尚不能扫安能扫天下”，这话是很有些商榷余地在里面的。那些把自己屋子打扫得干干净净的、把自己头发梳得光溜溜的、把自己衣服穿得有棱有角的人，他们或许是些干不成大事的人。19世纪的巴黎街头，夜半更深的时候，常有一个穿着睡袍的流浪汉或醉汉模样的人在踯躅街头，他就是正处在创作激情中的巴尔扎克。而屠格涅夫的晚年，当他穿起黑西装，戴起白手套，俨然一个举止有致的绅士的时候，正是他创造力枯萎的时候。是的，每干一件事情的时候，你不妨把这事放在手里掂量掂量，看值不值得去干，干了会怎么样，不干又会怎么样，这件事对别人有没有影响。

其九曰“吸收”。积健为雄，一个懂得吸收的人是一个聪明的人，一个拒绝吸收的人是一个愚蠢的人。马尔克斯风靡一时的《百年孤独》，是以一个魔术师拉着一个大冰块，从马孔多镇横穿而过开头的。那冰块里包着一块大磁铁，因此，魔术师路经之处，一街两行所有的铁器，都噼噼啪啪地飞过来，落在这磁铁上。我想一个人的吸收也应当是这样。“海纳百川，有容乃大。”他在人生路上走着，每一个毛孔都张开，贪婪地吸收路两边的东西。记得我年轻的时候，见识过一些人，这些人的博学和才华曾令我五体投地。我当时想：这些人会成为不得了了不得的人物的。而今许多年过去了，我再见到他们时，还是老样子，羊皮照旧，而且随着青春激情的消失，当年那些才华也枯萎了。这是怎么一回事呢？我细细地观察过这一类朋友，发现他们总是以自我为中心，总是抢先发表意见，从来没有安安静静地听对方说话，他们永远像一个高速旋转的陀螺一样，外力根本没有法子进入——雨水都洒不进去。他们是因干涸而枯萎的，因为得不到滋养。这地方有一比。陕北高原的吴起县，一个光秃秃的山峁上，长着一排人工种植的树。这些树像人的小胳膊那样粗细。陪同我的宣传部部长说，这些树，从他记事起就这么大，到现在还这么大。他叹息说，它们长不大，它们是“老汉树”。

其十曰“忌贪”。“乾坤容我静，名利任人忙”，那些栽跟头的人，几乎都是些贪心的人，是些得陇望蜀的人。世界布满了诱惑，那些诱惑或者就是美丽的陷阱。诱惑，对于接受诱惑的人才称其为诱惑。那一年在草原上，当我们挖下陷阱，布下诱饵，看着猎物（瞎熊）一步一步走近的时候，我在心里惊叫道：“千万别过来！”但是瞎熊还是过来了，结果掉进了陷阱。

促使他走过来的原因只有一个，那就是诱饵（一只鸡）。贪心和野心是一种小家子气的表现，于连·索黑尔式的心态，认识环境的产物，贪心是一步一步培养和激发出来的。一个人，当他拥有某种东西的时候，他不知道他手里正握着一团火，握着一把灾难，这时如果他不识趣，又向新的目标走去时，敌人就会从四面八方出现了。每个人都有自己的命运，如果一个人的命运，令许多人的命运改变方向的话，那些命运会合力将你击倒，起码让你生病。

十一曰“不要迷信权威”。小时候我在乡间和爷爷奶奶住过一段时间，那时候觉得乡长简直是高不可及的人物。后来到了县城，见到脸上长有麻子的县长，崇拜的心情令我为自己脸上没有麻子而遗憾。县长的女儿和我曾坐过同桌，在她面前我永远自惭形秽。后来初涉文坛，那些经典作家、名作家、热门作家于我来说，更是个个像头上罩了光圈一样，神圣和敬畏之情无以复加。中国有一句老话叫“四十而不惑”。四十岁以后，我再回过头来看这些人这些事，觉得自己的诚惶诚恐其实是没有必要的，觉得人和人都差不多，都是一个鼻子两个耳朵，觉得许多“势”其实是“扎”出来的，许多神其实是造出来的。相形之下，倒是那些平凡的人，纯性情的人，似乎更为可爱和可敬一些。

十二曰“做一个正直的人”。厚德载物，一个正直的人，一个不愿趋炎附势的人，一个面对恶势力高高扬起头颅的人，一个“流自己的汗，吃自己的饭”的人，他的生活一定过得艰难一些，他的人生道路一定坎坷一些，这是毫无疑义的事情。但是作为一个高等动物来说，“正直地生活”正是他的全部意义所在。在正直的生活中我们捍卫了人的尊严，在正直的生活中我们向人类至善至美的境界前进了一步。我曾经写过一篇《我的樱桃树》的文章。我说，一个猎人在森林里遇见了一只鹿，他枪里的子弹已经没有了，于是他从地上捡起一颗樱桃核，装进枪膛里射了出去。许多年后，当猎人再见到这只鹿的时候，发现在鹿的双角之间，长了一棵美丽的樱桃树。猎人走上前去，尝了尝那树上的樱桃，发现那樱桃的味道好极了——它既有樱桃的味道，又有鹿肉的味道。写到这里我说，我的身上有许多敌人射下的子弹，我的体内经年累月地用自己的血肉培养着它，亲爱的读者，当你们读到我的那些华美的文章时，那正是我奉献给你们的樱桃啊！是的，每当想到慷慨的生活竟然给了我这么多阅历，这么多思想，这么多素材，我就不由得想说一句话“感谢生活！”每个人都有自己的人生体验。每个人的人生体验都会成为一篇大文章。我只是职业的原因，手头恰好有支笔，于是将这种体验形诸文字而已。

老兵没有死亡，只有凋零

中国电视剧制作中心真值得叫人尊重。五年前，他们把我的长篇小说《最后一个匈奴》改编成三十集电视连续剧《盘龙卧虎高山顶》，一番热播以后，取得了不错的收视业绩。尔后他们又组织了一个写作班子，将我一部早年写的中篇小说《遥远的白房子》改编成三十集电视连续剧剧本。

剧本已经出来。春节前，编剧老韩送来剧本，说在拍摄之前，让我给改一改，圆满圆满，再就是给一个授权。

说到改本子，我满口应承，我说这是原作者的本分。如果他肚子里还有一些货，他一定要掏净，免得等拍出来以后，看着遗憾。我还说，这是对观众负责，也是对我自己负责。

于是我从甲午年春节，也就是大年初一那天开始，每天坐到电脑前拿个手写板，边看边改，每天三集，直到正月初十晚上完成。我当然没有大动，只是将那些对话，那些场景，那些我还一直念念不忘的生活积累，无私地奉献出来，献给这部即将开拍的电视剧。

剧本总的来说还是不错的。增添了许多人物，铺陈了广阔背景，故事继续沿着我小说的那个主干线行走，但是旁枝横生，热热闹闹，人物粉墨登场，个性张扬，充满了中国电视剧以前所没有的许多元素。记得整整二十六年前，央视就有将《遥远的白房子》改编成电视剧的想法。我到央视去，当时的台长杨伟光先生，在央视旁边的财政部招待所里约见我，谈过这事。想不到他们还一直念念不忘，时间过去这么久了，还记得这事。这真叫人感动。

这是第一件事，即改剧本和认可剧本的事。第二件是签授权书，这才是编剧老韩找我的主要目的。老韩坐在我的工作室里，端着茶杯，谈到这授权书，很紧张，明显地能看出他压力很大，我明白，他一是怕我不签字，二是怕我漫天要价。

老韩说，为了拿出这个剧本，他们花了有十多年的时间了，五十多万字的工作量，数不清的场景描写，翻来覆去几十次地改本子，他们硬是出于对这部名作的热爱，咬着牙把它完成。

他还说，央视送审已经通过，委托张纪中导演和他的团队拍摄。开拍前，为稳妥起见，又将剧本送呈新疆维吾尔自治区宣传部审查。审查意见已经回来，意见主要有两条：一是注意民族问题，二是注意与上合组织成员国的关系问题。现在，他们的团队，正就这两个问题修改或削减某些部分。老韩还说，导演有信心，将它拍成一部类似电影《冰山上的来客》那样的西部经典。

我说，别的不说了，交给你们了，你们愿意怎么折腾就怎么折腾吧，作品一经出版，变成铅字，它就成为一个独立体，有了它自己的命运。相信能拍好。至于转让费嘛，我停顿了一下，笑盈盈地伸出一个指头。

“一个指头是多少？”老韩很紧张。

我说：“不是六位数，也不是七位数，更不是八位数，而是——个位数！”

“一块钱！”

“是的，一块钱！希望你们拍好。”

老韩长出了一口气，我也长出了一口气。然后，我走过去点燃了一炷香。

就这样，我签了个一元钱转让费的合同。然后，我们喝酒。最后分手时，我让老韩将我的最好的酒带两瓶去，送给导演，为他的拍摄壮行色。

“守土有责，北方安宁”，是我给这部电视剧定的主题词。当年，它也是我写这部小说时的主题词。

我希望他们拍好。我感谢他们，能将我的作品借助影视“放大”，得到更多的受众，这叫我高兴。这些年来，我对中国的批评界已经深深地失望，明白他们有限的视力很难关注到我的创作。我也对所谓的文学评奖之类早已心灰意冷，他们把中国文学引导得格局越来越小越弱。这就是为什么我重视影视剧改编的原因，我更看重后者，我把读者对我的作品的认可当作最高褒奖。

1972 年 12 月 14 日上午，在渭河畔那个小小的村庄，我的家乡，我穿上军装，16 日到县上集中，17 日从西安坐上铁闷子车。于是，这三百多个关中子弟兵在那个多雪的冬天，踏上去新疆的路途。四天五夜之后，到达乌市。在乌市一个大剧场的戏台上和过道里，和衣歇息一夜后，分别被装进一长溜大卡车里，向北向北，五天以后，这三百多人中，一半的人到了中苏边界，一半的人到了中蒙边界。 从军的年代就这样开始了。

这三百多人或当兵三年，或四年，或五年，然后复员，从哪里来到哪里去，重新回到家乡，回到他们的小村子去。 我是1977年的4月10日离开边防站的。 从进站到离开，是四年半的时间。 过去说是五年，那是大致的说法，严格地讲来是“五个年头”。

我计算了一下，从进站到离开，这五个年头，我一共得到的供养费不到一千元。 第一年，津贴费每月十一块，第二年每月是十二块，第三年每月是十三块，第四年是十五块，第五年是二十块。 然后复员时，复员费是六十块。 再就是医疗补助是八十块。 这就是五年中这个士兵得到的全部供养。

医疗费的得到这事很有趣。 营部派了个兽医，到各边防站巡回,给每个退伍兵检查身体。 医疗补助费最高是一百块，最低是四十块。 兽医姓许，大家都叫他许医生，而不叫他许兽医。因为他谈了几个对象，领到部队后，大家叫一声许兽医，对象一听，就不高兴了，抬脚走人了，所以他忌讳人家叫他“兽医”。他是天津人。

我敲了敲边防站医务室的门，喊了声“报告”，推门进去，并且很响亮地叫了声“许医生”。 许医生问我有什么病，叫我一一道来。 我说我的大门牙掉了，在一次摔马中磕掉的。 许医生真诚地说，这个医疗补助只能是四十块，你再说说看。 于是我说我有关节炎，不但关节疼，而且凉气窜到腰眼上，腰都直不起来了。

许医生听到这话，是高兴了。 他说这是慢性病，可以拿到八十元医疗补助费，于是他就在表上填写了。 临出门时，他对我说，关节炎到了内地，不用治疗，就会好的。正应了许医生的话，关节炎到了内地之后，果然不治自愈了，但是，当晚境渐来以后，它突然重新发作，回到了我的身上，而且变得异常的严重。湿邪之气从膝盖窜到腰间，腰疼得直不起来，蹲在坐便器上起不来，弯腰穿袜子也做不到，晚上睡觉时，腰蜷得像一个弓一样。接下来，腰轻了，湿邪之气又窜上了肩周，胳膊抬不起来了，肩胛那地方，渗凉渗凉，僵硬僵硬。

我相信那三百多名退伍士兵，我的乡党，他们的身体状况大约和我都差不多。有些甚至还不如我，因为他们大都生活在农村，那里条件更差一些。当年怀着一种很重要的崇高感，一种界桩的后面就是祖国的信念，在那块孤寂的要塞上，守了五年，当你回到内地后，你发现你其实什么都不是。

现在流行着一首朴树的歌《那些花儿》，歌词中说："那些花儿——你们在哪里呀——你们都老了吗？"这曲调，这歌词，叫我听了每每流泪不已。

是的，他们都老了，都在生活的某一个角落待着。他们不说他们是谁，你永远不会知道。当年我们心中那位至高无上的政委，后来转业渭北地面一家煤矿，担任个什么职务，后来这煤矿被股份制改造，由别人承包，他沦为下岗者，每月领取一千三百元的工资。前几年，他来报喜说，国家把他收回来了，进入劳保系统，现在每月可以拿到三千多块钱了。营长好像转业到渭南的市属自来水公司，也已经退休多年了，战友们聚会，看见垂垂老矣的他，唯一叫人能记起当年的他的，是他一笑时，嘴里露出的那颗铁质的假牙。

大部分是农村兵，他们重新回到他们生活的那个小圈子里去了。他们都已经沧桑得不成样子了，有一小部分人已经死去。如蝼蚁如草芥般死去。几乎每过一段时间，就会传出他们中某一个人死去的消息。

通常为我带来消息的是战友老段。老段比我们大一两岁，入伍前是民办教师，后来回去后，转成了正式工，然后在西安一家纺织厂做个小领导。当年我在西安钟楼签售《最后一个匈奴》时，他闻讯赶来，这样我通过他，和战友们有了一些联系。

他当兵的那地方不在北湾，而在界河的源头，那个名叫阿赫吐拜克的边防站。他在站上当文书。站的对面，界河对岸，有个俄罗斯小城，叫阿连谢夫卡。我的白房子小说中，那个有着无头烈士墓的墓碑，就竖在那座城里的广场上。

我在 2012 年秋天重返白房子时，曾经去过阿赫吐拜克，登上瞭望台看那座小城。望远镜中，小城较之当年苏联时期，已经萧条了许多，当年阿连谢夫卡城车水马龙、人来人往，这一次，我搜索了半天，只看见一个穿着裙子、臀部肥大的妇女，走进一座建筑物中去。

阿赫吐拜克是白色的沙山的意思。这个边防站距北湾卡伦是五十公里，我在给编剧韩老师的短讯中，详尽地描绘了那块地方的地理位置。

我说，阿赫吐拜克向西走三十公里，是克孜乌营科（红柳）边防站，再往前走二十公里，是位于额尔齐斯河北岸的北湾（白房子）边防站，过了额尔齐斯河，再往前走八十公里，是吉木乃边防站。依次再往前走，沿边境一线，就是博尔塔拉、塔城、伊犁的诸多边防站了。而由阿赫吐拜克向东南，即进入阿尔泰山，它们依次是扎木拉斯边防站，白哈巴边防站。白哈巴就是喀纳斯湖那地方，而翻过阿尔泰山第一峰奎屯山，再往前走，就是中蒙边界的红山嘴边防站了。

上面我谈到战友老段。因为老段，才引出上面这些话题。不过还是回到老段吧，此一刻，我觉得，战友才是最重要的。我们城里几个，经常聚会的地方是老侯的烤肉摊。记得那一年，当听到中俄、中哈的重新勘界、划界、定桩中，55.5 平方公里的白房子争议地区，将永久划归中方，成为不再有争议的永久中国领土时，我们几个，在老侯的烤肉摊前嚼着烤肉、喝着烧酒庆祝。这时老段说了一句话，说得我们热泪盈眶。

老段说："当年，如果那场中苏战争爆发，此刻，我们都躺在一个烈士陵园里。我提议，为我们都还活着，为我们有儿有女，为我们还能在这里嚼着烤肉、喝着烧酒干杯！"

这句话，让我们这些满脸沧桑的老兵，双目潮湿，热泪涟涟。

老侯在白房子时期是炊事员。他们家是"文革"中从西安回到原籍合阳县落户，所以从合阳当兵后，又回到了西安，然后在一个工厂当工人，后来工厂破产，老侯下岗，于是在工厂门口摆了个烤肉摊。我给他写了个牌子"新疆退伍老兵侯老大烤肉"，挂在摊前的一棵道旁树上。

"侯老大烤肉"在那条街很有名。侯老大本人也好像是个名人，整条街都知道他。每天晚上，五点钟以后，烤肉摊支起，烟熏火燎中，老侯坐在那里，两手摊开，翻动着铁签子。他蓬松的头发，黑白相间，脏兮兮地遮住了半个脸。胡子刮得精光，露出黑胡茬子和尖尖的下巴，眼睛眯着，被烟熏得红勾勾的。鼻孔里，鼻涕不时流出来，然后腾出翻动签子的手，用手背一抹，一吸溜。老侯的生意很好。我曾经说过，我好多次回新疆，每次一路吃过去，最后还是回来吃老侯的烤肉，觉得他烤得好。

老侯的肉烤得好，害得街边别的烤肉摊没了生意，于是，他们就经常来寻衅滋事。后来双方闹到派出所里。派出所说，你个侯老大，一点眼色也没有，别人没法活，肯定要来闹你！老侯听了，明白了这道理，第二天起，每晚只烤到十一点就收摊，他一收摊，别处的生意也就起来了。

草根百姓，弱势群体，难免经常要受到市容的骚扰。有一次我在现场，眼睁睁地看着一辆工具车，开着高音喇叭，从街口一路走来，小商小贩们吓得四处逃窜。我看老侯怎么办。老侯不逃，说实话，他也没办法逃，人行道上，摆着个烤肉摊，还有一堆高高低低的桌凳。只见老侯，两手抱在胸前，面无表情地蹲在马路旁边的台阶上。眼睁睁地看着他的烤肉摊，他的高高低低的桌子凳子被抬上工具车。

我站在老侯旁边，冲城管们喊道："这个人你不敢惹，他当过兵，是个二毬！在部队上，连营长的碗都敢甩！"城管白了我一眼，冲老侯说："侯老大，明天你到所里来，领回你的炉子，接受罚款！"

老侯听了这话，像放闷气一样"哼"了一声，然后冲我苦笑了一下。

通常我们在老侯烤肉摊前聚会的，还有一个战友，他是老樊，当年是白房子边防站的卫生员。老樊是西安人，当年插队，来到我老家的公社，后来接兵的来了，就糊里糊涂地跟着我们一起当了兵。因为在部队上是卫生员，所以回来就安排在了医院里当了医生。他是个老实本分人，平日话不多。我的母亲有心脏病，他就把医院里的氧气瓶搬来放在我家里，给母亲用。他也已经退休了，被医院返聘回去。

正是在这个烤肉摊前，在战友的聚会中，我零零碎碎地听到那些农村战友们的消息。而最近几年，我听到的最多的消息是，战友们正在发起签名、请愿活动，要求民政部门给这些当年参加过中苏边界武装冲突的退伍老兵生活补助。而最近的一次，也是在这烤肉摊前，老段报告说，经过老兵们几年来的跑动、上访，终于得到了一个结果：从现在开始，民政部门将登记人数，给每个尚健在的农村户籍的白房子老兵，每个月补助一百块钱！

“是一百块钱吗？”

“是一百块，钱虽然不多，但是大家都会满意。觉得这起码是对老兵的一种尊重！多一个总比少一个好。人家要不给你，你白看人家两眼。”

就在老段说这些话的时候，旁边一位小年轻的手机铃声，正在唱着朴树的《那些花儿》。因此这支歌就深刻地印到我脑子里了。

是的，那三百多个白房子老兵就这样在城里或乡里的某一个角落，慢慢老去，如草芥，如蝼蚁。无声无息，无香无臭。

其实，公允地讲来，他们和周围的普罗大众比起来，不见得差，当然也不见得好，庸常的生活，平凡的人生，如此而已。只是，当我从灰色大众芸芸众生中将他们提取出来，将他们就近描写时，才突然有了一种苍凉的感觉，一种隐隐的痛楚。

阅历会留下烙印。他们大约都会和我一样，关节炎发作时，会彻夜彻夜地失眠、呻吟。大约在箱子的最底层，会压上一件旧军装，或旧军帽。或者会有一把蝇刷子，那棕毛是自己骑的那匹马的马尾上剪下来的，而把儿，是用戈壁滩上一棵野苹果树的树身做成的。他们通常在看到一匹旅游点上正在使役的马匹以后，眼前会突然一亮。他们的嘴边，会偶然蹦出几句草原谚语来，比如“不要和骑走马的人打交道”，比如“马背上摔下来的是胆小的”，比如“骑兵的小命系在马肚带上”等等。

我们曾经常常相约，要重返白房子，但是说归说，他们都没有回去过，倒是我，常常回去。这原因是我有个会，接个什么电话，屁股一抬，飞机票一买，就走了。用他们的话说，就是我的腿长。而作为他们来说，好像把这重返的事看得很庄严，很沉重，不停地约，还要成立一个团，拖家带口，由这个的老婆担任团长，那个的老婆担任秘书长，集资、买票，联系住宿等等，这样说了一年又一年，直到现在还没有成行。我对他们说，这是个最简单不过的事情，机票一买，直飞乌市，不用出机场，联运票直接到阿勒泰，四团的车来一接，直接到哈巴河县城，然后各个边防站再来接你们。电视剧开拍时，我将请战友一起去参加开拍仪式。

我们还有一个战友，现在在哈巴河县城，这大约是我们这一拨兵中，留在那个地方的最后一个人了。他叫陈新才，原先在部队里放电影，后来提干，曾经在县武装部做过政委，后来转业到当地，做县上的政协主席。现在已经退休。我 2012 年回去的时候，就是他陪我到各边防站去的。

我最近一次回边防站，是 2012 年的八九月间。

我是 1972 年冬天奔赴白房子的，到了 2012 年，恰好是四十周年。当我在一个场合说出，一个白房子老兵想在四十周年之际，重返白房子时，我得到了几位西安朋友的响应，几位作家、出版家表示要和我一块儿去。这样，我们联络了自治区宣传部接待，然后飞往乌鲁木齐，再飞往阿勒泰。

当一步一步走近白房子的时候，我的情绪变得暴躁、易怒，难以控制。对同行的人来说，这只是一次旅行，普通而又普通，但是对于一位老兵来说，这是又一次地走进青春，走进岁月，走进那沉重恐怖得令人窒息的年代。在走进白房子的前一天，我们在哈巴河县城小憩，然后中午时分，在哈巴河古河道那片十几公里宽的白桦林中，一座蒙古包里用餐。

中亚细亚的阳光，明亮、透彻，阳光透过白桦林洒在地面上，洒在人身上，给人一种异样的、梦幻般的感觉。饭还没有熟，所有的人都被白桦林美景吸引，顺着条条林间小道走向密林远处。蒙古包里只有我一个人，疲惫、苍老，心事重重。蒙古包有一个卡拉 OK 机，正在不停地播送着一支歌。

这支歌就是《白桦林》。

以前我听过这首歌。那歌里有一种异样的东西，宿命的东西，每每听得我为之心疼。以前我不知道这是为什么，现在，在这片白桦林里，在这离白房子九十公里远近的地方，尤其是在第二天就要重回白房子之时，我突然明白了这歌那魔咒般的音乐语言，是在说什么。

这是一个阵亡了、埋在白桦林里的二战士兵，夜半三更之际，从坟墓里冉冉走出，用他褪色的嘴唇，为他的爱人歌唱。

他说，你答应过的，你会来找我的！那么，爱人呀，我在等你，在坟墓的这边等你，在雾气升腾的白桦林里等你！在世界的另一端等你！ 归来吧，我的永远的爱人！

听着这歌，我双泪迸流，打湿了前襟。 我在这一刻想起战友老段在侯老大烤肉摊前说过的话：

“假如当年那场中苏战争爆发，我们现在都在一个烈士陵园里待着！”

老段说的当年那场有可能爆发的中苏战争，是指 1973 年 3 月 14 日苏联武装直升机越界事件。 当时双方剑拔弩张，已经到了临界点上。 苏方照会说，由此不可避免地引起的一切严重后果，由中方负责。 只是后来由于两个国家的克制，交还飞机，战争才没有爆发。

我说，幸亏那场战争没有爆发，要不，中国文坛也许会少了一个不算太蹩脚的小说家的。 蒙古包里，四处观光的人陆续回来了，他们看到泪流满面的我，心情也都开始变得沉重。

第二天我们起程，这样我又重回了一次白房子。

那块惹是生非的争议地区，现在已经永远归中国所有。 这由于我们的坚守：由于自白房子第一位站长马镰刀开始的历任站长、历茬士兵的坚守，它成为不再有争议的中国领土。

在 1997 年中俄、中哈重新勘界、划界，栽桩中，秉承的是“谁现在实际占有，原则上归谁”的精神，所以说，马镰刀和他的士兵们，老高和我的战友们，我们的坚守是值得的。 这个最终结局是我们坚守的结果。

那是喀拉苏干沟，那是阿克别克河，那是额尔齐斯河，它们都在静静地流淌着，一如往昔，只是这个老兵，已经满脸沧桑了。 漠风起了，打湿了我的眼睛。 在白房子，我们并没有做过多的逗留。 这里于我来说，已经是很陌生了。 铁打的营盘流水的兵，我十年前重返白房子时见过的人，现在一个都没有了，连当时谁是连长谁是指导员，现在的他们都说不清楚了，更何况我是一个四十年前的人。四十年前，他们还都没有出生。

下午，我们离开白房子，亲爱的战友、步履已经有些蹒跚的陈新才一直陪着我，送到哈巴河县城，再送到布尔津。在布尔津歇息一夜后，第二天，我们和他告别，前往克拉玛依、奎屯、伊犁、库尔勒、乌鲁木齐，十天以后返回。

此行中，在阿勒泰，在乌鲁木齐，我见到了几位当代最好的哈萨克族作家，他们希望我为哈萨克民族写一部史诗，就像我写过的《最后一个匈奴》一样。“哈萨克”是迁徙者、避难者的意思，这个伟大的游牧民族历史上经历过许多的迁徙，许多的磨难，他们还是第一个“胡汉和亲”的民族，好像是细腰公主或者解忧公主嫁给了乌孙王。他们在两千年前的欧亚古族大飘移时代，民族的名字叫作“乌孙”。

我对这些朋友说，你们自己写吧。你们更接近脚下的大地，我已经有些老了，写不动了！我还真诚地说，一个民族，要让它的心灵变得更加强大，需要有经典作品来支撑，需要有二百个自己的思想家、哲学家、文学家来支撑，这样心灵会变得更加广阔而强大，更能经得起风风雨雨。

我还想将两首歌献给亲爱的读者，这是我为编剧家老韩提供的，要他用到电视剧《白房子》中去。一首歌是一支游牧民族的古歌。俄罗斯作家普希金在他的小说《上尉的女儿》中曾经引用过这首歌。歌词如下：

我的地方，

小小的地方！

并不是我自己要来，

也不是马儿载了我来，

是那，

可诅咒的命运，

它把我带来的。

另一首歌，是一首著名的哈萨克族民歌，名叫《燕子歌》。这首歌，是在乌市时，尊敬的哈萨克族女作家、自治区文联副主席伊尔克西为我们即席唱出的。她唱得真好，深情、动人，且有一丝淡淡的哀伤。她本人也给人一种高贵的感觉。歌词如下：

燕子啊，

听我唱个我心爱的燕子歌，

亲爱的听我对你说一说燕子啊！

燕子啊，

你的性情愉快亲切又活泼，

你的微笑好像星星在闪烁。

啊——

眉毛弯弯眼睛亮，

脖子匀匀头发长，

是我的姑娘燕子啊。

燕子啊，

不要忘了你的诺言变了心，

我是你的你是我的燕子啊！

燕子啊，

听我唱个我心爱的燕子歌，

亲爱的听我对你说一说燕子啊！

燕子啊，

你的性情亲切愉快又活泼，

你的微笑好像星星在闪烁。

啊——

眉毛弯弯眼睛亮，

脖子匀匀头发长，

是我的姑娘啊。

燕子啊，

不要忘了你的诺言变了心，

我是你的你是我的燕子啊！

除了歌曲以外，我还请导演在三十集电视连续剧《白房子》结尾时这样处理。我说这是巴尔扎克式的叙事方法，即把前面所有铺张开来的线头，到结束时挽个疙瘩，将所有的艺术打击力量，放在最后，“啪”的一声结束。结尾时是二十个战死在白房子的士兵的墓碑，一身素白的女主人公从戈壁采来火红的红柳花穗，黑梭梭花穗放在方尖碑前。劫后的北湾卡伦废墟上，士兵们在打土块，一座白房子悲壮地又站立起来了。残阳如血，古尔班通古特大沙漠一片死寂。

一个童养媳将我生在土炕上

在我生日的这一天，我每年都要送给母亲一个红包，感谢她生了我，感谢她为我的来到人世上，疼过一回。现在生孩子条件好多了，往医院里一住，有专业的人员帮助。六十多年前的农村，生孩子是一件难事，所以老百姓有“人生人，怕死人”的说法。生孩子又好像很随意，大部分是生在土炕上的，还有的生在碴道窑里，正磨粮食推着个磨棍，突然肚子疼往下一蹲，解开裤带，孩子就生下来了。有的是生在田地里的，农妇正劳动着，就地就生了。有些女人拉撒，甚至把孩子生在茅坑里。我是生在自家土炕上的。就是那种用土坯砌的，冬天可以烧热的土炕。记得，奶奶常说个谜语叫我猜：一头老牛没脖项，有多没少都驮上，说的就是这种土炕。

我生在黄昏，用母亲的话说，就是天麻糊黑，人喝汤的时候。用一把做衣服的剪刀，在青油灯的火苗上烤一烤，算是消毒，然后用这剪刀剪掉脐带，只听“哇”的一声哭声，这孩子就算出生了。人们说，母亲生我时，面无血色，脸色黄得像黄表纸，听到哭声，她欣慰地笑了，说：“你把为娘可害苦了！唉，我又一个讨债鬼来了！”在去年的春天，我的孙女出生了。她生在羊年，是一个羊宝宝。说到这里，总让人有一种奇异的感觉，韭菜割过一茬又长一茬的感觉！羊年是好年，中国的老百姓有“羊马年广收田”的说法。那年我接到通知说，我的长篇小说《统万城》获得了中华图书奖，我对该书的责任编辑韩霁虹女士说：“我不该获这个奖，因为最近为写一本书的缘故，我又系统地阅读了我们的老古董，从而对文学又有了些新的认识，它们才是高山，《统万城》只是小丘，它们才是大厦，《统万城》只是包厢，应该把最高的褒奖给它们。”

我去年写作的这本《我的菩提树》，共写一百零八章，取佛祖脖子上挂的一百零八颗念珠之意。那时已经写到五十五章了，并打算在羊年年底完成了它。另外根据我的早年一个中篇小说改编的三十集电视连续剧，央视八频道正在拍摄，佑护我吧！希望能够拍好，拍成一个类似《冰山上的来客》那样的西部经典。大半生以来我正直地活着，崇高地活着，淡泊地活着，卑微地活着，守着一个文化人的底线和本分。如果让我重新出生一次，我仍然愿意出生在关中农村的那个土炕上，由一位做过童养媳的卑微的农妇带我出世，如果要让我重新选择一次职业，我仍然会选择一个写作者，活着的时候向这个世界发出响亮的声音，死后这声音仍会在空中回旋一阵子！

我一直把写“大部头”当作自己的主要任务。也在写作长篇之余，写一写散文作品，大家还都说不错。有一些约稿，例如有一篇写成吉思汗游牧文化的，是我在凤凰卫视《世纪大讲堂》演讲的手稿。又有一篇是为《北京文学》写的，好像叫《走失在历史迷宫中的背影》，还获得过“老舍文学奖”。还有一篇《拥抱可可西里》，是一家有名的杂志，叫《读者》，它约我写的。我把这些东西凑到一起，就变成了一本书。我写了十本散文集，2014 年出版的《你我皆有来历》，那是第九本。《你我皆有来历》这本书的文章，是湖南文艺出版社的龚湘海先生带人从我家的电脑里抠出来的，他们自己拿回去编辑。他们还要把我的七八部长篇、二十几部中篇、九部散文集出一套叫作“高建群作品”的丛书。

说到书画，确实是书画同源，我的书法，我的绘画，用《文心雕龙》里的话说，诗不能尽，溢而为书，书不能达，变而为画。诗歌已经不能让你尽兴了，激情奔涌，我写书法吧，书法还不能够尽兴地表达，那我画画吧，用更具象的形式表达吧。《你我皆有来历》中没有一幅插图，甚至连前言结语都没有，是因为编辑和我两地遥远，沟通不多，后来我写了一个序，叫作《六十初度，马齿徒长》。如果要再版，我还是想要有个序，画几幅画在上面。

我理解的文学艺术，一个真正意义上的创作者，他的作品是蘸着他的血写的。陕北高原年节的时候，要抬着猪羊、扭着秧歌去拜祭山神庙、土地庙，这叫“献牲”。一个作家的从事艺术实际上就是把自己当祭品，为缪斯献上。我在当年写《最后一个匈奴》的时候，感到自己像一架濒临失控的航天器一样，最后差一点回不到地面了。我在写作《大平原》结束后，中风住了二十一天的医院，也许只有这样的创作，才有可能写出来一点真正意义上的艺术作品。相形之下，那种散文结集的书，像《你我皆有来历》《生我之门》，就轻松很多。长篇写作是生一场大病，散文写作只是一场感冒而已。

为了习惯，我一直坚持手稿，不用“键盘写作”，但不完全拒绝新潮时尚的新技术。我写小说的时候，还用手写，而且是用蘸水笔蘸着墨水写，我总感到键盘上的字不是我的，是公共情人，她一站到街上谁招手就和谁走。我一直学不会电脑，但是现在来说，我还是羡慕那些会打字的人，我的儿子给我装了个手写板，《你我皆有来历》里面的许多文章都是用手写板写的，尽管用了高科技，但还算是用手写的。我还学会了手写发短信和微博。一个朋友给我建立了一个“高看一眼”工作室，有两百多个群友，每天我都在上面胡说八道。朋友说：“年过六十，当骂且骂！”我说：“善”。我还说：我们的老古董，“三言二拍”里说，天下最厉害的是三张口，一是乞丐的口，吃遍四方；一是媒婆的口，传遍四方；一是文人的口，骂遍四方。《你我皆有来历》开篇，就是《成吉思汗的上帝之鞭》。读者看过我作品，都觉得我似乎独独钟情于游牧精神。那篇文章，在2007年被评为全国散文十佳，名列第七，我和一位教授在《南方周末》报上，就该文还发生一场舌辩，有些是他的对，有些是我的对。游牧文明是一个很大的话题，如果有时间，我还会在以后慢慢讲的。

我曾称自己被文学“绑架”了四十年，现在花甲之后的生活，平时除了写作，我基本上没有什么爱好，长年累月的写作，已经把我变成了一个废人。现在的工作基本上是半对半，写小说占一半时间，写字画画占一半时间，有时候钻到画画里出不来，眼前都是具象，高僧大德接踵而来，有时候又不会画画了，又进入一种小说的叙事情景中。我记得路遥当年也是这样，如果一离开长篇小说的叙事情景，他说“句号是在引号的外面还是里面，我都弄不清了”。别的就是看看电视，有时候遇到一本好书读一读，不过失望的时间多一点，现在的书虽然多，好书并不多，包括那些所谓的获奖作品。现在的很多年轻作家有才华，有激情，未来是他们的，许多年前，我曾经对写《上海宝贝》的作者卫慧和写《糖》的作者棉棉说，每一朵鲜花都有开放的权利，至于这花开得大与小、艳与素，那是另外的问题，她们很感激我的包容。现在我有些老意了，我对媒体不止一次地说过，我们这一代人行将老去，这场宴席将接待下一批饕餮者。这是我对年轻一代的希望。不过年轻的一代要有一个强大的胃，像个接收器一样，一路走来接受一些新鲜的东西。

我们的语文课本里尽是些弱不禁风的东西，鲁迅先生还有点刚烈，上海人见了心里不舒服，要把鲁迅从教科书里赶走。我们的高考作文尽是些胡扯淡的题目。要我说吧，我们把前人的文化里面最优秀的东西好好继承，即使你不懂，当口歌念也好，慢慢的大了就懂了。去年我为了写本书，又把《诗经三百首》，把司马迁的《史记》，把基督教的《圣经》浏览了一遍，感觉到了一种崇高，这些伟大作品产生出来的气场令人变得崇高和纯粹。让我们的孩子们学些经典的东西吧！还有各民族的民间传说，包括那些远古传说，那是我们的根。

老高的三个故事

1

一窝小鸡鹐开蛋壳出生了。有一只小鸡很特别，它的羽毛是纯白色的，而不是杂色的。它的脚趾上有一层软皮缦着，而不像别的小鸡脚趾分明。它走起来也是步履蹒跚，一个屁股拖在后面。别的小鸡则是高视阔步的，有时顺便还会金鸡独立一下。尤其是它的叫声难听极了，咕咕咕咕地，而别的小鸡的叫声则是咯咯咯咯的。所有的小鸡都嘲笑它，视它为另类。这位小鸡自己也很苦恼。它为自己跟别人不一样而害羞。于是它努力地向大家学习。学习走路，学习啼叫。学到最后，甚至连自己原来如何走路、如何啼叫都忘了。然而即便如此，它仍然没有得到鸡群的认同，它仍然被大家视为异类。直到有一天，一群白天鹅从天空列队而过。看到它们，这只小鸡热泪盈眶，它现在终于明白了，那才是它的同类，大约是一只天鹅蛋不慎被放在鸡窝里，于是它成为它们的一群。这只小鸡热泪盈眶，它向它曾经的群体告别，然后扑棱两下翅膀，飞上高空，加入它的本该的行列中去了。试设想，假如从来没有一群白天鹅从空中飞过（这样的概率更大一些），那么，这只可怜的“小鸡”大约至死都不知道自己是只白天鹅，它的一生都在因为不合群而郁郁寡欢，它一直到死的那一天都以为自己是一只鸡。它将在大地上匍匐一生，直到终老。

2

鼎鼎大名的达尔文，是进化论学说的创立者。他的儿子大学毕业以后，在一家公司上班。上班不久，他想跳槽。儿子觉得公司的上上下下都在挤对他，他在这里过得太不开心了。达尔文说，孩子，你有什么心事，你给我说吧！我帮你解决问题。儿子说，你是一位自然科学家，人类世界的事，你也懂吗？达尔文说，你说吧，试一试吧！于是，儿子说出了他的苦恼，说出了他想要跳槽的念头。达尔文说，在一座森林里，生活着三百种动物。亲爱的孩子，当你是一只蚂蚁的时候，你的天敌是三百个，也就是说，每一种动物都会来踩你。而当你是一只兔子的时候，你的天敌是二百个。当你是一只狼的时候，你的天敌就只剩下一百个了，甚至没有一百个了。而最后，当你成为老虎、狮子、大象的时候，你就没有天敌了，你本人就是森林之王。那时候，你再听到的都是奉承、谄媚的话，你一声咳嗽让所有的动物都会避之三舍。那时候，你一句怨言都没有了，你会觉得，这是一个多么好的单位呀！这就叫自然界弱肉强食的丛林法则。所以亲爱的孩子，你现在不是跳槽的问题，而是适应环境的问题，是悄悄地壮大自己的问题，是从一只蚂蚁，成为一只兔子，再成为一只狼，最后成为老虎这样的森林之王的问题。达尔文最后对儿子说，不要跳槽了，不是逃避，而是面对，因为每一个单位都是一片丛林。世界很悲惨的，不是吗？达尔文的儿子后来跳槽了没有，我们不知道。不过他的丛林法则学说却不胫而走，一直传到你我的耳中。

3

一位又高又瘦，面颊苍白的青年，敲开俄国大文豪列夫·托尔斯泰的房门。青年穿着一件皱巴巴的风衣，里边穿一件水手海魂衫。而他的身上也强烈地散发着一种海洋的气味。他的毛皮鞋，那叫鞋吗？鞋子已经破烂不堪了，用草绳勉强地捆在脚上。他叫阿列克谢，一位文艺青年，他想尝试着写一些东西，这样他走了很多的路，终于走到托尔斯泰的膝前。当托尔斯泰听完这位青年讲述了他的苦难的流浪汉经历之后，老人老泪纵横，他不停地用手在胸前画着十字，嘴里则喃喃地说："圣母啊，你是一只无底的杯子，承受着世人心酸的眼泪！"当这位名叫阿列克谢的文艺青年告别时，托尔斯泰说："孩子，在拥有这些苦难人生之后，你完全有理由变成一个坏人！"我们知道，这位文学青年后来没有变成坏人，而是成为一个大作家。他将给托尔斯泰讲述过的故事，写成了三本书，一本书叫《童年》，一本书叫《在人间》，一本书叫《我的大学》。而在出版这些书的时候，他用了"苦难"这个笔名。中国人在翻译的时候，取"苦难"一词的音译，把这位大作家的笔名叫成"高尔基"。据说那天，当这位唐突的访问者离开后，人们问托尔斯泰，一位作家最好的早期训练是什么？托尔斯泰长叹一声说：不幸的童年！

化大千世界为掌中玩物

我的母亲不识字。我写了二十本书，母亲却一个字也没有看过。于是有一天我说，让我画画给你看吧！母亲属鸡，今年是鸡年。所以今年新年伊始的时候，我画了一只大红公鸡贴在母亲床头。那大红公鸡迎着太阳，高视阔步，引颈高歌。画的两边还拟了一副联。上联曰：玉猴一步三叩首祈福祈禄祈寿；下联曰：金鸡一日三啼鸣早安午安晚安；横披再加上“甲申乙酉”字样。母亲看着这画，喜不够，爱不够，早上睁开眼看，晚上睡觉前看。

我的绘画，是将自己胸中的那些具象，借助水墨，向外喷溅。古人说“块垒在胸，不吐不快”，我的绘画正应了这话。我这大半生到过许多地方，看见过许多“雄伟的风景”（东山魁夷语），我还写过大量的小说，脑子里塞满了诸多大俊大美惊世骇俗的文学形象。它们呼喊着要从我的胸膛里夺路而出，我只是顺应它们的愿望，援笔引出而已。

比如说吧，我画过《阿尔泰山的成吉思汗之鹰》。那山，那草原，那西伯利亚冷杉，那我的小说《白房子》中出现过的鹰，当它们与西征欧亚大平原的成吉思汗的名字联系在一起时，便有了一种神奇感和崇高感。如果，你给这画上再题一句：“这样的山冈正是为这样的雄鹰准备着的，而这样的雄鹰正适宜在这样的山冈栖息”，然后将它送给远行的朋友，于是便成为一件最好的礼品。

又比如，你给一张不大的画面上，画上三幅人身蛇尾图案。第一幅图下说，这是二十年前著名陕北民间剪纸艺术家白凤兰老大娘为我画的，白凤兰已经作古，她的墓头已长出萋萋荒草。第二幅图下说，这是十年前我在新疆高昌古城一座汉将军墓中见到的，专家说这叫《伏羲女娲交媾图》，乃中华民族最早的生殖崇拜图腾。第三幅图下说，这是两年前中日美英法德六国科学家破译出的人类基因密码图，即著名的蝌蚪图。这些话说完了，最后再聒噪一句：三幅图案何其相似乃尔，呜呼，中华古文明中有多少大神秘，我们真不知道！

再比如，我到香积寺去。茶间，我请本昌高僧为我解惑。本昌师伸出十个指头，说出“佛观一钵水，八万四千虫”十字真言。于是我据此，画出一个一手高托着钵，一手拎着打狗棍的托钵僧形象。旁边再加上一行脚注，说这图画的来龙去脉，并试图解释这“佛观一钵水，八万四千虫”的意思。

还比如，“花开见佛”这四个字，我常写，但是不知道出处。今年5月我去安康，才知道这是一个安康籍的和尚叫怀让的说的。九华山祖师问众弟子，何时可见我佛。众弟子皆不能答。唯独安康籍弟子怀让答曰：花开时可见我佛！祖师遂传衣钵给怀让。怀让后来修成正果，创净土宗，世称七祖怀让。“花开见佛”亦成为佛家一句偈语。于是我先画一个仰头望天的青年和尚，再画满天飘飘落下的红花，再画一束徐悲鸿式的、王子武式的柳条。那柳条在和尚的一侧，自上贯下。当然，也没忘了写上一段话。

以上是五例。类似这样的题材构思，这两年堆积起来，在我这里已经有三百多个了。它们都已经变成了画，现在就在我的房间里堆着。夜来翻开它们，我常常觉得很奇异，很奇妙，有“化大千世界为掌中玩物”的感觉。

中国画讲究用墨。墨分六色。一个丹青高手玩到最后，其实就是在用水用墨上去分高下了。开始时的我，只注意到自己的倾诉，注意画面的大和谐，而不去计较笔墨。后来在画《托钵僧》，画《花开见佛》时，我表达思想之外，更注意到水墨的干湿浓淡。这一着意而为之，果然大见效果。而我从丰子恺的追随者则变成了林风眠的追随者。

我从骨子里讲还是一个小说家。画画在我只是余事而已。诗不能尽，溢而为书——书不能达，变而为画。这段话前一句是《文心雕龙》中的，后一句是书法家茹桂先生的，它们或许能说明我染指画坛的缘故吧！至于我自己，我懵懂不知，我只能听命于愿望的指引，听命于手中的一支秃笔，而已而已！